町屋良平

私の小説

河出書房新社

目次

私の小説

私の文体

ことしの夏は不眠こそ酷《ひど》かったもののどこか楽観的な気分で過ごしていた。

毎日だいたい夕方五時にめざめている。そう告げると心療内科医は心の顔をしかめた。医師は内面を顔に出さないことにおいてはプロなので露骨に「言いたいこと」を表に出したりはしない。しかし私もプロである。プロの不眠であり、プロの小説家でもある私は心療内科医と心の語彙を貯《た》めて財産にしている。ふたりだけで通じる言葉、ふたりだけでできていく物語。そうしたことは私がふだん書いている小説のなかで読者と貯めるふたりだけの語彙をつくりあげる、いわば「半分できている」ような半壊した文章で書く小説でいつもやっていることだからよくしっている。そのような文章を、私は小学校時代の同級生であるAに教わった。Aの文章はほとんど全壊しているようなものだったかもしれないが……

心療内科医はしかし、今回の私の訴えをいつもより深刻なものとうけとったのか、夕方五時起きについて即座に言葉でふれることはしなかった。こうしたばあい言葉は遅れてくる。私が医師にもうすこし状態がよいと判断されたべつの日や、当の話題からひとつふたつ逸《そ》れたタイミングで、「じきに起床時間も戻ってくるかもしれませんし……」など差し挟まれる言葉に、遅れて気がつく。危ないぞ、油断していると言葉の遅れに刺される、熟慮されたアドバイスについ自分の言葉が乗り込んでいき、まるで私が考え出したことのようにすすんで相手の言葉に成り代わってしまうと内心慌てだし、かねてから準備してきた台詞《せりふ》をいった。

「あの……あたらしい薬を飲み始めて二週間ですが、最近、すこし集中できないというか、なんというか『残ってる』感じがしなくもないのですが」

心療内科医は私の言葉にふくまれる誤りを、言葉の内容ではなく表情や身振りといった「心の語彙」を駆使してきびしく訂正しつついった。

「そうですね。気になるようでしたら以前の飲み合わせに戻したりを繰り返してみて、じょじょに身体が慣れていくかもしれません」

前回、私のほうからおもいきって提案し、近年処方が増えているというあたらしい薬を出してもらった。医師はそのとき私が期待していた新薬でなくさらにあたらしい、しかし同様の効果が期待されるという薬の名前を口にし、説明をうけた。

新薬を飲み始めた当初、服薬後三十分でバチッと眠気がおとずれ、私は感動した。以前から飲んでいる薬の離脱症状をおそれ、レンドルミンとデパスを少量ずつ足したブレンドで飲んでいたとはいえ、あたらしい成分が利いているのは明白。そもそも私は随分まえからどれだけ疲れても、どれだけ長時間寝ていなくても眠気というものを感じない日々をもう十年ほどすごしており、眠いという感覚そのものが新鮮だった。

しかしそうしためざましい効果がつづいたのもほんの数日ほどで、それからは四時ごろに寝ついて二十分ほど眠り、すぐに覚醒してしまったあとの七時ごろにしぶしぶ追い睡眠薬を飲んで寝ている。入眠こそ悪いが一度寝つけば夕方まで眠ってしまうので、それをせめて七時間の睡眠に止《や》めておけばよいものを、だらだらと夕方まで眠っているから寝つけないだけだ。

「はあ……ではもうすこし様子をみてみましょう」

私はそう告げて心療内科をあとにした。その実これは医師が言いたいことを言わずに済ませてじりじりと耐えたあげく私の言葉を乗っ取り私の口から言わせた言葉にすぎない。

帰路。色とりどりのマスクをした人間らと二メートル以内に近接しないよう充分注意しながら移動して公園に寄り、小説を書こうと試みた。なにもうまくいかない。三十分書いたものをバックスペースキーで消していくと、前回書いた部分まで消えてしまい慌てて復元した。

私は齢《よわい》三十七にして私の人生をもてあましていた。

私がすくなからず私自身のことを小説に書けるようになったのはAのおかげだった。

それまでの私は、私を書く私、私に書かれる私、そうした二種間の私における乖離《かいり》をどうしても引き受けられず、また折り合いをつけかねだらしなく逃避しつづけることで文章を書き生計をたてていた。しかしその「文体」は「A」から奪ったものである。Aは二十二歳のころに亡くなっていて、私はその事実を十年遅れで知った。小学校時代の同級生であるAと私は一時期書いたものを交換しあい、感想もいわないまま読みつづけていた。いつしかAの書く文章のもつ強い質感に魅了された私はその「文体」を盗み小説家としてデビューした。そのことにも遅れて気がついた私は、小説家になったときにはもう死んでいたAの私のしらない生涯と、死ぬまでにかれが想像したかもしれないことを長編小説にまとめていく過程で、私の知るべくもないAの存在がもつべきリアリティに困ったときにだけ書ける私のことが滲《にじ》み出た。そうしてAのことを書いた長編小説から離れて私はようやく、私を書く私、私に書かれる私として、適度に両者間との折り合いをつけて、生きるようになっていた。

より正確にいうと、雑誌に連載していた断片的なAにまつわる小説を、ひとつの長編小説としてまとめあげる単行本化作業の過程でそうなった。それまでの私は愛着の捻《ねじ》れや抑鬱《よくうつ》ぎみの情緒から語るに足る私固有の話などないようにおもえて、粗い描写で迂回しつづける自己愛まみれの弱い言葉でしか私を捉えることができない私なのだと卑屈にこもって生きていた。しかし私について語る動機そのものも、ある種の自己愛からしか成り立たない。どれだけ他者を拵《こしら》え自己批判に傾いても、繋がれる言葉って自己愛の架け橋においてしかないのだと、勝手にたかをくくってしまった。ナルシシズムやカタルシスからかけ離れた小説を書く作家のエッセイがナルシシズムまみれだったのを発見して私はうれしかった。つまり、私は他者の自己愛のなかにしか私を発見できないあさはかな言葉の私だった。

こうして私はやっと、身体の私と言葉の私を切り離して、体《てい》よく虚構化し語れる私になった。青春群像劇などで評価をうけた私の文章と、風景ばかり書いていたAの文章の分かちがたさについて書いた小説を長編としてまとめたことによりようやく、そうなった。しかしむなしい。

さびしいよ。そんなのは。生きていてほしかったすべての身体。

人間が人間に会う、会いたいという願いを実行する行為が、よくないこととされ刑罰の対象となり数年がたった。もう迂闊《うかつ》に他者の身体と接近することはない。人が二メートル以内に近づくと足が勝手に止まるようになっていた。恋愛感情も枯れ果て、配偶者も子どももない私は他者と手がふれあうことなど二度とないのかもしれなかった。近距離で話すことさえ警戒の対象にあたるのだったから、話し言葉での接触すら廃《すた》れていく。書き言葉に依存する私にとっては好都合なのかもしれない。身体は納得している。それは人体の危機なのだから。しかしモヤモヤしている私は？

加害意識があるのだとおもう。一般性に配慮された出版物のなかで接触禁止厳罰化の経緯をしるした典型的なテキストはたとえば以下のようなもの。

ストーカー規制法に派生して規定が作られていった初期に、刑罰の対象は痴漢、ナンパ、盗撮などの明らかな性暴力から同意なしのあらゆる接触へと範囲を広げていった。増していく接触禁止条項に伴い半径二メートル以内の接近に対しては関係開示が必須になる。たとえ家族であっても開示があればお咎《とが》めなしというわけではなく、公共の場での一メートル以内の近接においてはその場で家族間暴力などの調べがなされ記録をとられることになる。十三歳以下の子どもに限り刑罰を免れるため、子どもを介し接触をはかろうとするケースは婚姻関係を超えて増加しており、議論の対象となっている。

厳罰化へと進む過渡期には自殺者が多く出た。第一波における死者は高齢者に偏ったが、具体的な刑罰が執行されて以降の第三波からは十代二十代の死者が目立った。

(『さわれる他者からさわれない私へ』)

よい時代になったと感じている。もともと暴力や権力行使がロマンチックに語られやすい日本男子的風潮に辟易《へきえき》していたうえ、家族ともうまくいっておらず心身は脆弱《ぜいじやく》、共同体へうまく繋がることがむずかしく、孤独に死んでいくことを希望していたのだからせめて加害側としても被害側としても暴力行使の可能性がとぼしいこの世がいい。

とくに作家という職業は旧態依然のロマンシシズムが延命していて読者はまだしも業界からして作家に対し破滅（してもらいたい）願望のようなものがあり、作家は破壊的であるべし、作家は無頼《ぶらい》であるべしといった欲望を身が受けて、ああ……もっと自分がそのように権力と表裏一体の華を持ち合わせていたら人によろこばれるのに……そんな益体《やくたい》のないことを夜じゅう考えていたりする一方で社会に対するまともな見識を求められもした。こうした無頼と良識のプロレスに揉みくちゃにされ、みずからの作家的スター性の乏しさを眼前につきつけられると、それなのに小説を書きつづけていられる現状がどこか恥ずかしく、情けなくもあった。

他者との接触がむずかしくなったこの時代に私は、ただ自らが加害行為を行う機会を奪われて安心しているにすぎない。こうしたプロパガンダの激動に動じて死んでいった、とくに若い世代は私が殺したのだと思う。十代二十代を加害にあけくれてのんのんと生き、勝手にそこから卒業した顔をして資本主義に守られる側に立つと批判する側へ回った、そのままなんとなく年をとるのだと安穏としていた私がかれらを殺した。

また眠れずに朝七時をむかえ、第二陣の睡眠薬を飲み下すと、パアッと思考があかるくなり、いつかみた夢をおもいだす。それで四、五回ほどの中途覚醒を挟んでめざめた午後の五時に、私は長時間ねむれたことに満足し上機嫌でシンクにたまった洗い物を片づけた。手がつめたくなっていくその作業の合間にきょうやるべき仕事について整理する。あたらしく書かなければならない短編小説が一本、エッセイゲラの最終確認がひとつ、来月再来月にオンラインでするイベントの下準備が二件、Aのことを書いた長編小説のゲラ確認が一件。急がなければならないものはなにもなかった。

寒い時期以外は公園で作業をすることにしている。珈琲《コーヒー》を淹《い》れて水筒につめ、下半身浴で身体をあたためると、短編小説のつづきを思いつきそうだったのでまずそれにとりかかることにし、余裕があったら来月対談する作家の著作を読み直して質問内容を考え、エッセイのゲラを仕上げてしまおうと私は考えた。外に出ると夏の空気があたたまった体温より幾分すずしく、風がつよくも弱くもない吹きかたで沿道にたつ植林の枝葉を揺らしていた。

公園へ向かう道すがらで小柄な柴犬が尻をふりふりしながら車道をあるいており、飼い主とおぼしき女性がリードを引っ張って車を警戒する意識の先に、もうひとり女性があるいていて、私はそれぞれと距離をはかり近づきすぎないよう気をつけた。こうして接触が罰されるようになり人との距離に敏《さと》くなってから感じる風景は一変し、それが小説の文章にも反映されはじめている。人体同士の接触注意は触覚のみならず視覚や聴覚の預け先もどこかたよりなく、じっと相手の顔を見ることもときには接触の範疇に含まれ警察から注意を受けることがあり、マスク需要は高止まりを維持しつづけていた。そうした定まらない五感が風景への知覚を緩やかに変化させ人称にかかわらず小説の文章はあたらしい焦点化の時代に入る。描かれる風景はそれまでの人体が描出する五感よりあやしく、身体性から離れた広い射程と高低差があらわれ文法レベルからの混濁がより目につくようになったとある批評家は指摘した。

その批評に引用された風景描写を読んで、まるでAの書いた文章のようだよ、と私はどこかうれしかった。不幸な境遇から他者と共有すべき一般性や言語領域をうまく拓《ひら》けずAは自分のこと、つまり「私」がまったく書けなかった。心象や風景にまでその影響は延び、Aの書く文章は五感や焦点のあやしいスケッチが数行並んだだけのものので、そのときから、まるでもう死んでいるみたいなAの文章だった。

公園のベンチに座り、珈琲を飲みつつ短編小説を書いてあらかた暮れると、花火をしにあつまる家族ごとの集団が散見された。


そうはいっても家族に関しては接触禁止法の監視がだいぶ緩められ、早婚化が進んだ一方で前述した法令の穴を突き子どもを利用して違法に接触を図ろうとするケースも報告されている。（中略）接触禁止法においては、同じ「私」の中で恩恵を受ける「私」と罰則を受ける「私」が混在する。また利害の区分けそのものも難しく、「私」たちは内なる引き裂かれを抱えたまま、それを誰にも言うことができないジレンマに苦しむことになる。表情を交えつつ身の内を相談するという、以前には日常的に見られた行為も法令上はグレーとされ、特に家族や職場などの共同体に属していない層は他者とのコミュニケーションが激減する。飲食店や娯楽施設の廃業は相次ぎ、通り一遍の行政相談や有料カウンセリングに多くの人々が殺到した。そうした法制化の功罪をともに味わった実例のひとつとして、今回、接触厳罰化がきっかけとなり、加害側として長年続けてきたストーカー行為から離れ、足を洗うことができたというKさんに話を聞くことができた。

(『さわれる他者からさわれない私へ』)

花火の音に煙のにおいが混ざるなか子どもらの歓声を聞き、私は来月対談する予定の作家の小説を読み、併せてデビュー前にある同人誌にむけて書いていたその作家に関する批評を読みなおした。みずからの拙い批評文を読んでゲンナリした私は短編の推敲に戻った。Aの文章にうけた影響から一部剝がされ、パクった「文体」からわずか引かれた私の文章を推敲過程で模索するものの、もう私の文から引き剝がせない他者から奪ったリズム、語彙、色彩、思想、そして読書。そうしたものらの薄まった弱い文章で私は自分の書く文章の質感に重みを感じられず、ただ書くという欲望だけ維持したモノのように私の身体を感じる。

接触禁止に伴って変化する焦点化と描写について論じた批評文の初出媒体が数年前に発刊されたあたらしい文芸誌であることを、私は翌日の起きしなにおもいだしていた。その文芸誌の発行元である出版社とのオンライン打ち合わせをすっかり忘れていた私の意識が記憶を取り戻した。あわててパソコンを立ち上げZoomにログインする。担当者が交代することを知らされ、できれば新旧担当とオンラインで引き継ぎを、といわれていたことをすっかり忘れ三十分ほど寝坊したZoom会場の向こう側で、前担当と新担当がまったくおなじ姿勢で頬杖《ほおづえ》をついていた。接続が安定するまでのあいだスマートフォンを確認するに数件の着信と、ＳＭＳとGmailにたまる生存確認の連絡があった。私はすっと冷や汗をかき、おそらく会議室のプロジェクターに巨大映しになっているであろう、寝起き丸出しの私を想像して恥ずかしくなった。しかしこうした生の人間に対する恥の感情じたい久しぶりだったこともあって、私はとうとつに笑い声をあげた。

編集者ふたりはそれで私の登場に気がつき、一瞬ギョッとした様子を見せたがすぐに取り繕って「町屋さん、ご無沙汰しております〜」と遅刻も私のとつぜんの笑い声もなかったことになった。

「ずっと町屋さんの作品のファンで、面接でも町屋さんの『しき』の感想といっしょにエントリーシートを提出させていただき、無事に入社することができました」

という新担当の高津はまだ入社して四ヶ月しかたっておらず、研修を終えたばかりで緊張のつづく毎日だという。

そもそも、オンラインでさえ人と喋る機会がこの数ヶ月なかった私は、この日をずっと楽しみにしていたのだったが寝坊した。私は元来おしゃべりな性質で、人と話すことが好きというより人に向かって自分の話をすることが好きだった。打ち合わせ放棄のサプライズで一気に目がさめハイになった私は、「あ、すいません一瞬……珈琲を淹れてきていいですか？」とことわってさらに二十分編集者を待たせ、飲んだ淹れたての珈琲にふくまれるカフェインが利きはじめるよりだいぶ早く、舌がすべらかに動き始めるのだった。

「いやいや、いい会社に入ったね！　数年前から文芸誌が売れはじめて軒並み重版、売り切れという事態がつづいた時代に彗星のごとく生まれた御社の文芸誌は、コンセプトこそ十代二十代向けを謳《うた》っているけれど、いまではどの他誌よりも満遍《まんべん》ない層に支持されているからね」

「さすがですね。よくご存じでいただけて、ありがとうございます」

「というのも、やっぱ批評の力が大きいね。御社の文芸誌が小説より先に募集をはじめた批評の新人賞でデビューした若者が、力のある批評を書いていますからね！　テキストそのものと文体にまつわる批評は御社のとこで、社会的意義や作家論といった批評はよそで、こうした暗黙の住みわけができているのも納得というか、そもそもすでに成功し売れている作家がエンターテインメントの技術を輸入したような肩肘《かたひじ》張らない小説、そうしたすこし敷居を下げたような文章を御社のとこで発表し、軒並み賞をうけているってこともあるよね。二、三年まえの潮流とも、だいぶ変わってきています。ところで高津さんは、学生時代はなにを？」

「あ、私ですか？　卒論は森鷗外です」

「あ、森鷗外ですね。鷗外の書く風景描写ってどことなく明るいですよね。部活とかは？」

「あ、じつはずっと飛び込みをやってまして」

「飛び込み？　あの、飛び込み台から飛び込むやつ」

「あ、そうですね。飛び込み台から飛び込んでました」

「へえ！　めずらしいですね女性で。そんなことないか。水着は、どんなのを着てたの？」

「ふつうのヤツです。競泳用の」

「そうなんですね！　はあ、勉強になりました」

「そういう細部が、いつか小説に役立つかもしれませんよね」

その言葉から明確に打ち合わせの主導権が前担当である福島にうつり、高津はいっさい喋らなくなった。短編小説を書いてほしいという。私はいま書いている小説がなかなかうまくいかないという愚痴で話を逸らし、なんとなく「書けたら書く」という方向で打ち合わせを終えた。

そのあとは一切の仕事ができず、寝込んだあとでそれでも朝九時までまんじりともせず追加した第三陣の眠剤によっていつもより濃く長い夢を見た。イメージばかりでストーリーのない夢のなかで加害があつまっていく。新薬はノンレム睡眠を促す物質を抑制するがためにレム睡眠がつよくなりそれゆえに悪夢を見やすいといわれていた。つながっていく。いくつもの加害が自分の身体のなかでさえ。「私」のなかでさえ加害被害の濃淡に責められる。夢のなかではわかる私のおかした加害を、現実ではわからない。だらしないよ……このまま目をあけるつもりか？　よほど、寝ているときのほうがいい「文体」かもね……

目覚めたら夕方の六時だった。それから身体を起こすまでにさらに二時間かかった。


「それで、完全に昼夜逆転してしまったと」

心療内科医の表情からは、私が先ほどいった現状報告にかんする感情はなにも読み取れなかった。私は一ヶ月ぶりに心療内科医とはなす言葉のモードをおもいだし、自分の言葉に反響する心療内科医の余韻だけを読む。二枚のレフ板を斜めに傾け光を交換しつづけるみたいに、言葉の反射面を自分と心療内科医にともに向け、相手の言葉を期待した「引かれた」言葉で私はようやく私を実現しようとしはじめる。

「そうなんです。ゆゆしいとはおもいつつ……むしろそのほうが体調はいいような……」

「食欲はありますか？」

「はい」

心療内科医は「感想」をいわない。まるで私の健康なんて、関心がないみたい。私は頑《がん》として私の作品の「感想」をいわない編集者の顔をおもいだしていた。だからどうということもないのだが。こちらのもつ種々の権力にたいし、遠慮がちである人間のなにげない一言にこそ、傷つけられることがある。そのときに、ふだんから私こそが相手を傷つけつづけているのだと悟るのだ。そういうきっかけすらなければずっと、私の権力化と商品性に傷つく人と場を増やすばかりで、謝られるばかりで。私はこの社会で下駄を履かされた性別のまま加齢しつづける。

梅雨前のまだ気候が穏やかだった一時期に、私はUber Eatsの配達員としてはたらいた。レンタサイクルを借りて夕食を運ぶ配達を一日に一、二件だけこなし、五千円にも満たない収入を精算日までもちこして、デカバッグを持ち込んだファミレスで小説を書いていた。

通常置き配が推奨される「この御時世《ごじせい》」に、ときどき直接のやりとりで接触厳罰対象ゾーンまで人と近づくことがあり、ドキッとする。恋愛みたいなこの感情。中年男性に「ありがとう」といわれ、うれしくて小説がはかどるなどした。

このように商品やサービスを介しての接触が刑罰の対象から除外されると、「商品」「サービス」の対象を再定義すべきとする議論が活発に交わされた。

また旧時代には商品を売るための重要な鍵となっていた「口コミ」と呼ばれる接触形態も変化を余儀なくされた。購買行動へと誘う言葉に対する信頼の主軸は、人間同士が対面し行われる会話からＳＮＳでなされるそれへと完全に移行していく。不特定多数の目に晒《さら》され記録に残るＳＮＳ言語を通じて、人は自らの言葉がありのままに持ちうる商品的性格により自覚的になっていった。このように「商品」「サービス」といったものの定義と同様に、それらを求める人々の言葉、ひいては気持ちや身体といったリアルなものにまで大きな変革が起きていったことを、今日の私たちは見逃すわけにはいかないだろう。

（『さわれる他者からさわれない私へ』）

「ところで、これは全員に一応お伝えしているのですが、もしワクチンを打たれる場合、いま出しているお薬が副反応に影響することはありませんので、その点はご心配なく」

「ワクチン？」

「ええ」

「ワクチンて、インフルエンザのことですか？」

「えっ」

「えっ」

それから処方箋がわたされ、会話としては元のペースに戻ったのだったがお互いの半壊した言葉が、それぞれ合わせても同じ破片の壊れ目として似ても似つかないかたちに溶けてしまったような感覚だけのこった。私は季節性の感冒に通年なんの警戒もしておらず、Uber Eats の配達員であったころを除いては出かけるとしても公園やファミレスへ作業しにいく程度で同居家族もなく、気をつけていたとしてもだいぶ緩い感染対策にとどまった。これも社会的には大人と見なされにくい現状だとおもう。

薬の処方を待つあいだ外のベンチに腰かけ、おくられてきた文芸誌の最新号をパラパラ眺めているときに、ある論考が目にとまった。近ごろのとくに若い作家にみうけられる擬私小説とおぼしき作品群は #MeToo 運動の社会的成功に影響を受けて自身が否応《いやおう》なく関わってきた加害のありようを捉えきれずに過去と現在に分断され、自己同一性に揺さぶられる男性性の無意識的発露によってなされたものではないかという仮説が立てられ、そうした男性性の反映を過去に書かれてきた私小説群と切り離し、差違と共通点をともに検《あらた》めていくという趣旨の論考だった。

「フム」

私はひとこと唸《うな》ると木々の頂点にむかい幾重もの手を広げしだいに細っていく葉の向こうに広がる夕暮れを見上げ、その顔には葉の影が映っている。

真夜中にゲラの最終作業をやっていた。Word の校閲比較機能をつかって、それまでチマチマ直していた修正を赤字で一挙に書き入れていく。何度か締切を延ばしてもらっていたこの長編小説のゲラは、さすがに本日いっぱいで出版社に戻さなければ刊行延期になってしまうかもしれないと編集者にいわれていた。私はこれまで原稿やゲラにかんしてだけは、締切を遅らせることなく編集者にとどけていた。そのぶん、メールの返信や郵便物の返送など各種事務仕事の怠慢はひどい。

そもそもギリギリまで赤字に取り組むこともなかった。これまでの私は比較的一発書きにちかい文章で小説を発表しつづけていたし、またそうした文章で書いた小説のほうが評価される傾向もあったのだが、そうした一発書きのたびにAの身体を召喚していたのだとしたらやるせない。Aの文章に影響をうけた私の、私の文章に影響をうけたAの、それぞれの「文体」を剝がすように文を直しつづけて、その継ぎ目を浮き彫りにして私は私の文体を再構築、あるいは生まれなおすなりしないと、もう私の小説は……

するとお隣の部屋からとつぜんの轟音がひびきわたり、私は愕然《がくぜん》とした。いっしゅんは、なにかでかい物体が壁や窓にぶっつかっているのだとおもった。しかし違った。音楽が鳴っている。これも不眠のもたらす譫妄《せんもう》かと非現実的なモードになりかけた私だったが、やはり明白に鳴っている。音楽にあかるくない私にもわかる、激しいバンドサウンドにのせて発せられるボーカルのいわゆる「デスボイス」が。

一気に集中力を手放しかけた私だったが、しかしゲラの作業はあと三時間はかかる。私はしばらく耐えて赤字の書き入れを継続したのち、やがて我をうしなって「うるせえんだよ!」と怒鳴った。しかしとうぜん轟音鳴りひびく隣室に届くわけもなく、また自分でも届けたいとおもっているわけではなかった。

「ふざけんなよ！」

「うるせえんだよ！　うるせえんだよ！」

「ふざけんなよ……ふざけんな」

怒りかたがまったき小学男子のそれだった。私は子どものころからひとりきりでしか怒りの感情を発することができず、親や友だちに激昂《げっこう》する場面を見られようものなら一瞬で赤面し鎮火した。「おまえに怒る資格があるのか」と私じしんが問いかける、火《ほ》照《て》った皮膚のしたで心臓から肝臓あたりが一気につめたくなりかなしみに満たされる私は怒りの発露がうまくできないまま大きくなった。自らのだらしない怒りに思いがいたると、壁越しにはピッチの高低差すらわからない音楽の、ドラムの刻むリズムでかろうじてデスメタルと呼ばれる類いの楽曲であることだけがわかる轟音のさなか、蹲《うずくま》って泣いた。

「うるせえんだよぉ……うるせえんだよぉ……」

涙と鼻水がたしかな量まで確認されると、こんなに泣いているのだから自分のためにもなにか行動したほうがいいだろうという整合性にあやしいちからが身からふるえあがるように湧いてくるのを感じた。隣室には私よりすこし背は高いがそれほど肉厚ではない男が住んでいることをしっていた。子どものころから思い立った瞬間に行動をはじめる私は涙も拭かずに隣室のインターフォンを押しきわめて緊張した状況で待つ。三度のインターフォンにも反応がなく連打した。すると音楽は止み、中からの反応がみられたことにビビった私が部屋へ引き下がろうとした瞬間に、ドアが開いた。なかから現れたのは上下紺色のスウェットに、マスクをした若い女性であった。

若い女性？

私が固まっていると、女性は断続的に咳をくりかえし、胸といわず腹のあたりから引っ張られるような呼吸にピューピューという喘鳴《ぜんめい》が混ざっていた。いまにも涙が溢《あふ》れおちそうなうつろな目で私をみている。そうしたあいまに、すいません、うるさかったですよね、申し訳ありません、というようなことをいっているが、咳と呼吸の乱れに言葉は阻まれなにひとつ定かではなかった。

私は接触禁止法のことをようやくおもいだし、スッと身を引いた。

怒りを帯びた男性ではなく、弱った若い女性があらわれたことに拍子抜けした私は、距離を保った状況で「とても苦しそうですね。大丈夫？　なにか必要なもの、足りてます？　すぐにコンビニいって買ってきてあげようか？　あ、買ってきたものはドアノブに下げておくから、起きれたら取りに来ればいいよ」といった。女性は大丈夫ですとくりかえし、しばらくやり取りをつづけるとそれまでにないハッキリとした声音で「止めてください」といい、いっそう激しい咳をするのだった。

なんだよ……

私は部屋に戻った。そもそもなぜあんな病態でデスメタルなどを流していたのか。

ほぐされない違和をかかえたまま念入りに手洗い嗽《うがい》をしたあとで、しかし久しぶりに生《なま》の女性に会った昂揚《こうよう》を活《い》かしなんとか朝までに作業を終えた私が宅配便営業所に当日指定のゲラを託すと、ようやく睡眠薬を含み布団に入る。すぐにあらわれるとおもわれた眠気はしかしなかなか訪れず、ようやく夕方四時になった身が眠れそうな気配を帯び、現実と夢のさかいめいた意識のさなか「私の文体」についてせめぎあうイメージに遊んでいると、インターフォンの音が聞こえはじめる。

三度無視すると、連打された。

とくに思慮をめぐらす余裕もないままドアレンズを覗《のぞ》き込むと、マスクをした細身の男が立っている。相手の顔相をたしかめようとさらに身を寄せる向こうでドアが叩かれ、驚いた私がつい出てしまうと男はいきなり私の胸ぐらを掴み上げ「てめえ、彼女に二度と話しかけんじゃねえぞ」という。

「彼女？」

小柄な私の踵《かかと》が浮くような力で摑みあげられたTシャツの伸びきった繊維が、ビチビチと千切れる音がした。私はすいませんとくり返せるだけくり返す。

「つぎ彼女に話しかけたら、通報すっかんな」

男は私の胸をつきとばし、かんたんによろめいた私は玄関の段差につまずいて尻餅《しりもち》をついた。そうした醜態を見下ろして、たしょう平静をとりもどしたらしい男が、「あんたも濃厚接触者にあたるかもなんで、あんま外でないほうがいいっすよ」と言い残し、ドアを閉めた。
私は鍵もかけずにフラフラとベッドに戻ると、まるで子どものころのようなふかい眠りに落ち、つぎに目をさますと朝の九時だった。なんの夢もみなかった。このような眠りは十年とこの身に訪れたことがない。図らずも一般常識に則《のっと》った時刻に目覚めることができた私は、これで昼夜逆転の生活から逃れられるかも！という希望に胸がおどった。はりきって散歩に出かけ、ゲラ作業に疲れきった頭を休めるためだけに一日を費やし、ゆっくりと夜まですごした私は睡眠薬を含んでベッドに入りソワソワと眠気を待った。しかし、期待された二時就寝どころか普段寝にはいる朝七時、九時になっても眠気は訪れず、ようやく午後に入りかける時間に就寝し、夜の十時に目がさめた、この日から私は午後に入眠し夜に起きる、完全なる昼夜逆転生活に入ることになる。

夜はやさしい。風呂に入り体温をあげた身体で散歩しながら小説のアイディアが浮かぶのを待つ。深夜二時の渋谷にだれひとり人間がいない。接触を気をつける相手はいない。真暗な代々木公園にてスマホの液晶にむかい小説をうちつける。文体のなかでだけわかることがある。私はなにかをうしない、誰かを殺しつづける。はじめて小説を書いた日、はじめて自分の情動を些末《さまつ》にあつかった日、はじめて他者を低く見て自分を保つことができた日、私はそのような私を含んだ他者から奪ったもので文体を気取ってきた。すべての喪失に対しどこか楽観的でもある。このようなだらしない弛緩にあまえて私の身体はずっと小説を書きつづけるのだろうと、書いているものにおいてわかる。

私の労働

人生。おもっていたのとちがったな、と最近はよくおもう。

誤解を解くということこそがむずかしい、というか不可能である。たとえば私の労働でいうところの小説について、「よくAだと思われているが実際はBだ」のようなことを私はいいたいとする。しかしこのばあい私の思考はすでにBなのだから、AのことをBほど真剣に考えることはない。Bほど真剣にAでいることはできない。ゆえにAの世界に肩入れしているひとを説得するパワーに欠ける。そもそもAの世界にいる者からするとBのほうがナンセンスである。ゆえに誤解をもちだすことそのものが欺瞞《ぎまん》である。しかし、それでは世界はずっとAのままかもしれないではないか！　こうして私は老いていくのだろうなあ、そのようなことを考えているとスマッシュを決められた。

「ナイスー」

とネットを挟んだ向こう側の敵はいいあい、味方の側では「惜しいですー」といわれる。なにも惜しいところはなかったのだが、なにも惜しくないときほど「惜しい」という言葉は発せられる。マスクをしていると呼吸が奪われるという以前に動こうとする意気が奪われる。マスクをしているときの動きというものがある。

実際にはスポーツ中にそんなことを考えていられるわけはないので、ゲームが終わったインターバル中に考えている。スポーツをしていると「最中」に考えていられることとなんてなにもないということを身体がわかる。私は私の最中で私を考えられない。もう五年通っているバドミントンサークルで私は上達を諦め、しかしゲーム性だけは楽しんでいたい中途半端な立ち位置でそこにいた。サークルメンバーの実力とモチベーションの多寡《たか》を分ける呼称に即していうと「ガチ」「中間」「エンジョイ」の「中間」としてその場に参加しつづけていた。

会社員として九年、小説家として三年ほど過ごしたあたりで、私はバドミントンを始めた。身体を動かさないと抑鬱に嵌《は》まりがちな私の運動先として、最初は大人気バレーボール漫画『ハイキュー!!』にあこがれ中学の部活いらいのバレーボールに復帰しようかと企んでいた私はしかし気がつくとバドミントンを始めていた。バドミントンはゲームが始まってしまうと思考のインターバルがない。ゆえにときには体格的な優位を越えて勝敗が決まる、すぐれた精神性や閃《ひらめ》きのちからが問われる。そして私は気がつくとバドミントンにまつわる小説を書き、それによる原稿料と印税をえていた。

バドミントンにおける誤解。スマッシュはおそらく一般に想像されるほど「決め球」というポジションにはない。卓球におけるそれと比較されるほどの最高速度を誇るバドミントンのスマッシュは、しかし現代バドミントンにおいて一発で決まるような攻撃に仕組上なっていない。ショットの種類は大きく分けるとドライブ、ドロップ、プッシュ、ヘアピン、クリア、スマッシュとあり、決定率でいうとスマッシュは高いほうでもない。バドミントンでもっとも美しいパターンといえば、スマッシュでレシーブを浅く誘ってプッシュ、このパターンが決まるとスマッシュがノータッチで決まるよりスカッとする、ダブルスにおける醍醐味のひとつといえよう。

しかし、そんな誤解を果してだれがしているというのだろう？　私はもうスマッシュが決め球ではないということに驚き終えていた。つまり、私こそが「スマッシュが決め球である」という誤解の大元であったにもかかわらず、いまはもうそうではない。過去の私の誤解を正す。しかし、もう私は「スマッシュが決め球」であるという世界から離れて長いのだが？

私は過去の私にもうモチベーションがない。それにレシーブ力の弱さにより先ほどの試合でつぎつぎにスマッシュを決められていたのは私だ。

「いやー、いいっすねえ」

そのスマッシュの打ち主と、先ほどから会話を交わしていた。しかし、なにも脳を使っていない、まるでダブルスゲームの最中のようなモードに、私の身体はなっていた。

「でも、お忙しいんでしょう？　年末に入って」

「いやー、すこし前はそうでした。クリスマスというより、デパートさんのセールとかあるじゃないですか？　あのパルコとかルミネ自体のセール。そういうのがあると忙しいっすねえ」

「ほえー」

「町屋さんもなんか、あるんじゃないですか？」

「いやー、ないっすねえ。年中休みみたいなもんです。ハッハッハッ」

男は化粧品メーカーの営業として働いているらしかった。私は私の労働について笑って誤魔化《ごまか》しているが、男には「出版業界の自営業」という謎の自己申告をしていた。サークルの参加者であるだれにも私が「小説家」であることは告げていない。

出版業界の自営業。小説家であるという旨《むね》を伝えられても多くのひとは戸惑うだけ。これも私がまだAの世界にいるがゆえの誤解なのかもしれない。私は私の労働である「小説」が、その実「労働」と「私」のちょうど中間のような位置にあり、「小説は労働」「小説は私」そのどちらでもありどちらでもない、どっちつかずであるような感覚があった。人生が「中間」なのかもしれなかった。「ガチ」でも「エンジョイ」でもない。小説も人生も。それにしても化粧品業界の男は、バドミントンがうまい。というより、上達がはやかった。すこし前までは「エンジョイ」でゲームをしていた筈《はず》なのだが。

「あのー、始めてどれぐらいなのですか？　あの、バド」

「あー、私すか？　自分は三ヶ月です」

「えっ」

私はまともに驚いた。

バドミントンには素養が出る。まったくラケット競技に触れてこなかった者は三ヶ月ではまともに飛ばすことも難しかったりするが、上達がはやい人間は部活でならした「ガチ」勢の人間とも多少、渡りあえたりする。

「あの、以前なにかやられてたんですか？　スポーツは」

「自分すか？　自分はテニスをずっと」

「にしても、すごい上達スピードですね。月何回ぐらい打ってるんですか？」

「サークルあるとき、午後休とか取っちゃったりして。月十とか十三とかいっちゃってますね」

なるほどな。私は化粧品業界の男の名前をまだ聞けずにいる。

そこで化粧品業界の男がゲームに呼ばれ、人に馴染《なじ》めない私は読んでいる本をひらいた。


その場で首を横に向けてみましょう。

見えてくる景色は変わってきますか？

それとも、同じような景色ですか？

怪我《けが》をして僕は、リハビリをはじめる前に、小さなことからはじめてみましょう、とアドバイスされます。その時に初めて会った先生に言われたことが、これ。

首を横に？

正直、僕はあせっていました。苛立《いらだ》ちを、募らせていました。

そんなことは、どうでもいい！

僕は早く外で走り、飛び、はげしい勝負の世界でカラダを試したいんだ。

＊

カラダは動きたがっています。けれども、同時に、動きたくないとも言っている。お仕事でも、運動でも、最初の動き出しがつらいですよね？

じっとしているカラダは動いているカラダと別々です。どっちがより「正直」か。まず、そんなことを考えてみました。

毎日リハビリに立ち向かい、辛い日々の中でもあった確かな喜び。それが僕を支えていました。けれど、じっとしている僕のカラダ。動きたくないって言ってるな。

「うんうん、わかるよ」

僕はできるだけ、やさしく語りかけました。

「けど、がんばって動いたら、違う景色が見えるんだよ」

根気強く、語りかけました。やさしくすることと、カラダを肯定することは、時にまったく違うものです。僕はそのとき、「動きたくない」と「動きたい」、両方のキツさに攻められていたとも言えるかもしれない。

けど、ある日ふと、こうも思ったのです。僕は「動かないことで動いてる」んじゃないか。

だとすると、「じっとしてることでじっとしない」とも言える？　ちょっと意味が分からないな。けど、なんか大事なことのような気がする。

（『動きたくないカラダのキモチ』）


「つぎ、一番と四番、コートに入ってくださーい」

主催に呼ばれ、私は本を閉じた。

ゲームをこなした。

16－21で敗《ま》けた。

息がきれていた。冬場のゲームは、終わったあと一時的に手足が冷える。それで長袖を羽織《はお》り、汗を拭いているとじょじょにポカポカ温まってくる。そうして思考がしぜん明るくなってくるのを自覚した。しかし、一度明るくなってしまえば暗いときの気持ちなんてなかったことになる。本に書かれていたことに影響され、私の思考は花ひらいた。水分と栄養が思考に充溢《じゅういつ》し、小説が書けそうな気分になってきた。けっきょくアイディアや構造などもろもろあるが、私にとって小説が書けるということは気分にすぎない。

「体育館も冷えてきましたねー」

私は化粧品業界の男とふたたび会話をはじめた。

「ラケットってなに使ってます？」

「自分ですか？　なんかメルカリで買った、ちょっと良いやつが値引かれたモノを」

「あー、それいいっすねえ。ラケットをケチるひとってなかなか上達しないんですよね。クリアが飛ばないって口癖のようにいうひとは大体そんな感じ」

「へー」

私は男の仕事やバドミントンのことは聞けても、人生や生活のことは聞かない。聞けないのだった。私は小説家として仕事をし、小説以外の世界がいまはない。とくに、感染症の蔓延《まんえん》により外出できない期間がつづくとよりそうなっていた。

「ところでダブルスの前衛のときって……」

男とはなぜかしら仲良くなっていった。サークルを終えると私たちは使ったポールをアルコールで拭いて倉庫に戻す。

たとえばバドミントンが労働なひとたち。オリンピックに出ていたりする。しかしオリンピックの元々はアマチュアリズムで成立しており、フィギュアスケートを例にとるとジャンプのみならず芸術性においてすらアマチュアのほうが優れていたりする。プロとは多くのひとがそれを求めているという証《あかし》、ようするにお金が介在する証であったりするのだが、では人々がオリンピックにあれほど熱狂する気分はなんなのだろう？

　このことに関しても私の思考はとどこおる。先に述べた誤解ＡＢと同様に、私自身がすでにオリンピックに醒《さ》めているからオリンピックに熱狂している人々のことを真剣に想像することはない。しかしかつては私もオリンピックに熱狂していた。競技をはじめる子どもたちの多くは「オリンピックをみたから」という。

「オリンピックでみた、〇〇選手にあこがれて」

　つまりいまのオリンピック選手の多くが子どものころに。子どもたちやかつての私は搾取《さくしゅ》されているわけだ。かつて搾取されていた、ではない、かつての真剣さや競技への夢は搾取されない、それらはけして同一線上で交わらない、干渉されあうものではない、自己同一性をおかしあうものではない、だからこそ取り返しがつかない。いま／現在を懸命に生きる、その時点で私たちは私たちを搾取している。

　二〇二〇年の六月初旬ごろ、感染症対策において人々が個人と個人でない領域を彷徨《さまよ》っていたころの一時期、つまり、「私はＡだが私の身体が他者へ与える影響はＢ」

……サークルに集《つど》う私たちは楽しくバドミントンができ、オリンピックを控えている選手たちはバドミントンができない、そんな状況があった。

子どもたちはほんとうにオリンピックがすき？　オリンピックがなかったらなかった夢。それはどの程度私？　でも、小説をしらない私。この世界のどこかで生きている、小説を憎んでいる私。それは私の身体に同居する私。だれしもがそうだ。

しらないままでいることのできる夢ってあった？

私にはずっと応援しているダブルスの選手がいて、二〇二一年の東京オリンピックでも活躍していた。でもテレビを点《つ》けることが心底おっくうで、競技結果をしってから私はYouTubeで切り貼り動画を流しみた。結果はしっているから応援もせずハラハラもしないでそれでも競技をみるのは楽しいことだ。その選手をみていると小柄ながら閃きの瞬発力というべきものがあり感動する。しかし、私の応援している選手はつらそうだ。

「難しいゲームが続いて、二人で楽しもうって話は、してたんですけど、なかなか、そういった楽しむゲームっていうのは、実際、あまりできなくて」

というようなことを三位決定戦の後にその選手はいった。それほど厳しい試合だったということを、つたわる側としては美談として聞いている。しかし、選手から「楽しむ」を奪ったものはなんだったのか？

オリンピックというものは、個人がナショナリズムに引き裂かれるようすを楽しんでいる、楽しまれている、その強烈さとえぐみゆえに人々の記憶につよく刻まれる。個人がいやおうなく国家に取り込まれ、それをちからとすることが強制されている。フィギュアスケートにおいては、ほんとうにいい選手は往々《おうおう》にしてオリンピックで力を出せずにいる（近年はこうした傾向が薄まってきた）。オリンピックにむいている身体というものがあるのだ。

それはかつての私がいま／現在の私の代わりに追い詰めていた他者の身体。おもえば舐《な》めていたとおもう。私はかつての私を舐めていた。夢をみる無邪気に生きるオリンピックに感動するかつての身体が未来でだれかを貶《おとし》めた。そこに「成長」という予断があったりして？　人間が個人と国家に引き裂かれる、そのようすを「応援」するのはたしかにたのしかった。

しかし当の選手はメダルをとったお陰でたくさんテレビに出れてうれしそうだったし、もともとある程度のなんでもを楽しめる人物であることをしっていた。私はその選手のファンだったから。けっきょく選手がおおやけに辛そうな顔をみせたのは三位決定戦とその試合前後の限られた時間のみだった。

そうしたテレビを母とともにみていると、パネラーの女性に対し「このひと整形した？」と何度もいっている。母はことし七十七歳になり、認知症などの気配はまだ遠いようすなのだが子どものころからひとの美醜にうるさかった。母子家庭の次男として育った息子がみずからの容姿とアトピー肌にひどく劣等感をいだいているというのに。母は勝敗原理主義者というか、なんらかの「正々堂々」信者のようなところがあり、スポーツを見ているとよくなにかしらの文句をいった。

「襟《えり》をとらせないようにするなんて卑怯《ひきょう》。襟を持った状態で試合をはじめるべき」

これは柔道に対していっていた。

「ブロックアウトやフェイントを狙うなんてつまらない」

「男子の試合のほうが迫力があるんだから男子の試合だけでいい」

これはバレーボールについていっている。私にはこういう聞き流していればよいことをいちいち反論する悪癖がある。体操の金メダリストが世界選手権直前のなんかの大会を怪我の療養のために欠場するとテレビがいっていたときに、母は「出ないとダメじゃない。プロなんだから」といっていた。

私は、ムッとした。

「世界選手権でいい演技をすることがいちばん大事だろ。プロだったら。そもそもプロじゃないし」

矛盾した私の反論に母親は「あ、そうか」のようなことをいった。

私が二年ほどまえに会社員を止め、当面小説家としてだけの生活に入ることを告げると、母は「あんたの人生だから、私は応援するよ」といって反対はしなかった。しかし、その後会うたびに「でも、生活は大丈夫なの？」といわれることになる。

「大丈夫か大丈夫じゃないかは私のほうが知りたい。たとえ会社員であれだれしも大丈夫か大丈夫でないかはわからない。よって二度とその質問をしないでほしい」というようなことを伝えると、「わかった」というのだったが、しかし母は会うと二度に一度は同じことを聞いた。

「でも、生活は大丈夫なの？」

私は、その質問の大体十五回目ぐらいにして、次のように応《こた》える。

「じゃあいうけど、私だけだったらたぶん大丈夫だよ」

ようするに、自分ひとりだったらおそらく大丈夫だが、母親の老後や病気の可能性を考えるとそうとはいいきれないとつたえた。私は愛着がうすく人に「きっと人間として大切な部分がどこか欠けているのだろう」といわれたこともあるぐらい冷たいところがあるので平気でこういうことをいう。さすがに母はシュンとしているようだった。

しかし母の発言はいい得て妙というか、私のなかにも「専業作家」といわれるとすかさず訂正したくなるような、なんとなしの罪悪感や羞恥心《しゅうち》、座りの悪さのようなものがあった。

「たまたま今は書く仕事だけしているだけです。先のことは誰もねえ……アハハ」などとインタビューの席でニヤニヤ発言をしたりしている。「専業作家」といわれたくない、「専業作家」とバレようものならどんなところからどんな攻撃が飛んでくるかわからない。たとえば小中高校生ぐらいのかつての私こそが「専業作家」とくに

「純文学」の奴に対して愛憎入り交じる皮肉をいうのだ。なんかよく分からないがいい身分だなあ。曲がりなりにも「好きな作家」だっているはずだったのに、オリンピックが大好きだったあの頃の私はとにかく大衆迎合《げいごう》的だったといえる。いつの時代も他者から「私」を奪うことがもっともたのしい。たとえば国家に個人が、会社に個人が、家族制度に個人が引き裂かれているようすをみる。それが当たり前のことだからとなかったことになる傷つきはたのしい。いまは半ば差し出すようにして「専業作家」の私はみんなに振る舞える「私」を探し、言葉でととのえることを労働としている。そうせずにはいられないのだ。とくに「専業作家」になってからの私こそが「私」をだれかに奪われたいと願ってしまう。私は「私」にとってきびしい雇用主のようなものだ。「私のためをおもって」と、だれよりも親身になって搾取する。かつてそうだった私が、いまの私の労働を否定していて、いまの私はかつての私の否定を否定する。誤解AB。これが新自由主義の権化《ごんげ》のような家庭に育った私の労働である。

「作家なんだったら、もっと破壊的に生きたら？　生活がすごくつまんな」

独居する母がナンプレを解いている斜めまえに座り、大量の献本や郵便物を検めつつ、私は子どもの私と対話している。私はいまだに母親に対してまあまあ緊張していた。

「そのことについては前も書いたけど、作家に対する大きな誤解というか、いわゆる『生き様《ざま》』と作品は関係ないいんだよ」

私は自分でもそんなことは思っていない、まさしく子どもだましのような抗弁をする。

「でも、それでお金をもらってるんでしょ？　だったらもっと読者を楽しませないと」

「それは……作品で……」

「書いていない時間は？　すごくヒマそうだけど」

「書いている時間に集中力を使いきって、ろくに読書もできないの。どうも鬱っぽくって」

「甘えてるってことね」

私は子どものころの私に日常的に「論破」されていた。いい返すことができず私は目の前の本に逃げ込む。


高橋さんはリハビリの日々のなかで「体が離れている感じがする」「右半身を他人のように感じる」「右半身が『不幸になればいい』と時々思ってしまう」「勝手にやってくれる、という感覚がなくなり、動くにしても『してあげている』という感覚」と表現していましたね。今まではきっと、ボールに対し体がある意味、考える前に反応して動いてくれていた。そこに言葉が介在する余地がなかったと言えるかもしれません。それはサッカー選手という高橋さんの「労働」とも関係していたのでしょう。怪我したことで高橋さんの右足は、通常の人よりもっと、「動かさ」なければ動かない状態になった。いわば、二段階のステップを追っている状況なのかもしれません。まるで他者の体のように、たとえば私が高橋さんの補助に入って動くときのように、右足に対して「動かしてあげている」。けど、私も高橋さんの右足に対して「動かしてあげている」というような意識はないのです。ですから、高橋さんもいつもと違う右足に対し、いつもと違う意識をもってあげるといいかもしれません。今までは勝手に動いてくれていた右足に、言葉を
（『動きたくないカラダのキモチ』）

「ねえ、そろそろ予約の時間じゃない？」

母親の言葉で私は本から顔をあげた。右膝の怪我をきっかけにリハビリに入り、結果サッカーに復帰することが叶《かな》わなかった自身の「カラダ」を省みた経験と予後にも残る障碍《しょうがい》のぐあいについて、理学療法士との往復書簡形式で書かれた本を、私はこれから書く予定の資料として読んでいた。

「そうだね」

私は本をリュックにしまい、出かける準備をした。そもそも感染状況が比較的落ち着いた年末の折をぬって母と久しぶりの外食をするために実家に戻ってきていたのであった。

母は国の規定するところの「後期高齢者」にあたる年齢だというのに、「なに食べたい？」と聞くと必ず「焼肉」と応える。ハイボールを四杯程度飲んだあたりで網を交換してもらい、そろそろシメにユッケジャンかスンドゥブでも頼もうか、といったあたりで文脈の不明なことを母はいった。

「だからさあ、あんたのお父さんはその点、優しかったんだよね。だってあんたを堕《お》ろしてくれとは一度もいわれなかったもん」

私は母の発言に笑った。

「ほんとだね。スープとか頼む？」

と訊《たず》ねると母は冷麺がいい、と応えた。


この小説を書いている最中に父が亡くなった。年明けそうそうの一月四日のことであった。明け方にふと目がさめスマホを覗くと異母兄からの着信があり、すぐさまSMSでおくられてきた「夜分失礼しました。お気づきになりましたらご一報くださ い」との文面を読んで察した。私は朝の五時に折り返した。

早くに離婚、というかそもそも籍を入れておらず私生児として生まれた私と父は中学で再会し、その後は年に一、二度程度の頻度で会っていたが感染症の蔓延により二年ほど空いていた。もともと病気でだいぶ悪いということは聞いていた。一度も見舞いにいくことはなかった。後日家族葬の会場にいくと、会ったことのない異母きょうだい三人、会ったことのない親戚二十数人に混ざり、私のしらない先方は私のことや私の仕事をしっていて、徐《おもむろ》に「応援してます」といわれたりした。途方にくれながらも私は「これもいつか小説に書くんだろうな」と考え、父の死亡に関しての気持ちは芯から冷えきっているというのに、小説に書くことを予言された状況でそこにいる私の身体が、筆舌に尽くしがたく恥ずかしいとおもった。だれにというわけではない、認められている私を私は認められていない、そんな私に書かれる親類を気の毒に感じた。そもそもどの程度の血の繋がりが私に書かれるに値《あたい》するものか、親や子のことを親や子に屈託《くったく》なく書かれた、そう読める創作に複雑な思いを抱く読者は私だけではあるまい。だがこの出来事はまだ直近にすぎず私のなかで「整理されていない」ため小説にはならない。父の葬式が終わりバドミントンに復帰したその日に、私は私が区の初級者大会に出ることになったことをしった。

いつの間にか、そうなっていた。いつものごとくラケットとシューズだけを持ち込んでサークルに参加していたら、化粧品業界の男にとつぜん話しかけられたのだ。

「こんどの大会のことっすけど」

私はとりあえず化粧品業界の男のいう話の内容を聞いた。どちらにも動ける攻撃陣形になった場合、きほん私が前衛にポジションを張り、化粧品業界の男が後衛を張る。化粧品業界の男はラケットタッチこそまだ雑だがテニス出身者によくあるようにスマッシュの振りに迷いがなくしっかりとシャトルが沈み込む。初〜中級者の失点パターンとしてもっとも多いのは、スマッシュが浮いてしまい攻撃陣形の穴をつかれたカウンターを食う、ポジショニングの甘さゆえにかえってスマッシュは、失点リスクの主因になりえるということだ。

「それが妥当すね」

私は応えた。ひととおりの会話を終えて大会へのモチベーションを上げているらしい化粧品業界の男に対し私がおもった感想は、「ま、いいか」ということだった。許可をしたおぼえもない大会にいきなり出ることになったがまあいい。周囲がたいてい結婚をしている三十八歳独身男性としての私は、とても暇だった。とくに感染症により気安く外に出られなくなってから、ろくに人に会うこともなく睡眠時間と体重だけが増えていた。もしかすると私たちはいまもっとも孤立しているのかもしれず、そしてバドミントンの大会に出るならばいつかそれを小説に書くかもしれないということだった。

そして私たち、つまり化粧品業界の男と私は、試合に向けたペア練《れん》に入ることになった。サークル内でメンバーをバラけさせダブルスゲームをする際に、通常はトランプを引いて毎回ペアを代えていくのだったが、初級者大会に向けて私と化粧品業界の男はペアを固定とする。そのようにして私たちは、サークルに参加する頻度を限界まで上げていった。

小説のほうはだいぶ暇な時期で、ありがたかった。私はサークルの開催されている場所とはべつの体育館へ行き、二時間三時間の暇を潰《つぶ》して順番待ちをし、仕事を終えた化粧品業界の男やほかの大会参加者と合流して練習する日を週二、三の頻度で設けた。

私はコートの使用順を待つためだけにそこに居なければならない無為《むい》な時間に本を読んで待ちながら、お馴染みの感覚に溺れていた。私の承諾も得ず大会にエントリーされていた私、そしてパートナーの都合に合わせて溶けていく私の時間。しかし化粧品業界の男とは、居心地がよかった。へんに気を遣《つか》わずにすみ、根があかるい男に会話の主導権を預けていれば、ろくに質問などを考えなくてもよかった。そして将来小説に書かれる日常を生きていると、大会練習に入ってからの私は直感した。しぜん演劇的な私になる。登場人物的な私。そういうときほど、受動的になってしまうのが私の常《つね》だった。大会に出場させられることになっても、文句どころかその理不尽に言及しさえしなかったのもそういうこと。いかにもみずから「小説に書かれる私」を選びとろうものなら、それは「私に書かれる私」ですらないが、そうなったら私は果してどうなのか？　つまり、積極的に私の書く小説の主人公たりえるような、ドラマティックな出来事を取捨選択してしまえる私だったら。しかし、どれほど偶然性を尊んでいても、ある程度は「やっている」私、つまり小説に書かれるべく日常を演じている私だ。相当うまく思考を宙吊りにしようとも、小説に登場する私として私は私を「やっている」。だからこそ、出来事に対してできるだけ受け身であろうとすることにより、みずから小説になりにいくようなことは避け、メタな存在であるにもかかわらずメタでないふりをし、能動的である権利のうすい私であるように私を統制する。それが私のもっとも労働的である部分なのかもしれなかった。

その夜、化粧品業界の男は遅れた。

「すみません、残業になっちゃって」

「いえいえ、ゆっくりで。会議とかですか？」

ペアがいない私だけ基礎打ちができず、練習相手に気を遣って中途半端なクリアだけ試し打ちし、すぐにゲームに入ることになった。

「怪我だけはしないように、アキレス腱と背中だけは動かしてください」

私は化粧品業界の男に、真剣にそういった。小説のこと以外で私が他者に対し真剣につたえたいことはこれぐらいしかない。

「あっ、そうですね、すいません、あと十分後ぐらいにゲームでいいですか？」

化粧品業界の男が私と練習相手のペアにそういった。しかし、その日のゲームで私たちはいままでにない私たちの不具合をおぼえる。もともと相手のペアとは実力差があったといえ、十二ゲームやったなかで十ポイント以上とれたゲームは一度きりで、他はすべてダブルスコア以上の点差がついた。

十ポイント以上の点差で負けるのは、実力というよりメンタル面、パートナーとの相性が問題であるケースが多く、どちらかが気後《きおく》れしていたりパワーバランスがおか

しいペアがよくそうなる。バドミントンにおける失点の多くはミスによるものだから
だ。ふだんは明るいばかりの化粧品業界の男も、朗らかさだけは維持していたものの、
どこか会話の明度がさがっているような、くすんだ色をみせた。

私も多少ショックをうけていたが、帰路に「ちょっと、珈琲でも一杯どうです
か？」といわれたときに、男と私のあいだで大会に向けた本気度に大きな差があるこ
とを察した。

墨田区総合体育館近くのタリーズに寄ると、先にたった化粧品業界の男に店員が
「すみません、閉店まであと三十分なのですが、よろしいですか？」とたずねた。化
粧品業界の男は私を顧みることもなく、「いいですよ」といった。珈琲を買って席に
つくと、そのタイミングを待っていたかのように二三組いた他の客がいっせいに立ち
上がり、退店していった。私たち以外の客がいなくなったところで化粧品業界の男の
スマホがふるえだし、「あ、どうぞどうぞ」と私がいうと男は席をたち、寒空のした
で仕事の関係とおぼしき電話をはじめた。

サッカーをしていたときの僕のカラダはこうです。みんな〜！　僕にボールを
くれ！　いつもありがとう！　みんな〜！
そう。喜びに満ちていたなあ。
シンプルに、コトバを、くれ〜！

そういうキモチもありました。

皆のコトバ。勝手に受けとる僕のカラダを選んで、勝手に守ってくれた。勝手によろこんでくれた。怪我をするまえの僕は、皆のコトバにも勝手に反応していた。だから、吸われない、捨てちゃう、そんなみんなのコトバもいっぱいあったと思う。それは右足もそうだったのかな？

実際僕のフォワードというポジションは、キモチがいつも前のめりです。そうしないと、選手として生きていくこともできないのです。子どものころから、そう言われています。

「もっと自分から！　もっと自分を出せ！」

「自分を表現しろ！」

怪我してみて、先生のリハビリを経験していちばん感じたことは、自分のキモチとカラダはべつべつなんだってこと。こうしてコトバを書いているから思うのは、たとえばキモチのコトバと、カラダのコトバは違うんだってことです。

それは、別人、先生の言葉でいうと他者ってことです。

キモチとカラダは他者。だから、他者って自分のことなんだ。僕こそが、私こそが他者なんだ。そういうこと。

キモチは僕。カラダは君。それは逆もある。カラダが僕。キモチは君。

そのあいだにしか、「他者」ってないんじゃないですか？

つまり、自分のなかの君が、瞬間瞬間、うつりかわっていく。そこにだけいる。それ以外は、僕が捨てちゃう可能性のある他者なんじゃないかって、たとえば僕の右足がまだ自由だったら。捨てちゃう他者ってかなりあった。それは今の僕だから思えることで、むしろそのころ、怪我する前の方が、周りの人のことを「わかってる」感じしてた。

でも今の僕だってなにも知らない。もっと知らないかもしれない。

僕にボールをくれる皆は、僕のカラダに、僕のキモチに、僕のコトバに、合わせてくれていた。僕は、だれかに合わせることはおろか、自分に合わせることすらも、出来てこなかったのです。

怪我した当初、皆のアドバイスや優しいコトバ、僕を労《いたわ》る皆のキモチに乗れず反発してしまった。先生にもひどいことを言った。それは、まず自分のコトバにこそ自分を開くことができなかったからだった。

僕こそが、僕のコトバに、キモチに、カラダに、乗れていなかった。けれど、皆が優しくしてくれる、そのことだって、僕自身のカラダやキモチに「乗った」かっていうと、そんなことない。

オリンピックに、ワールドカップに出て、日本代表として、頑張る僕！　そのキモチを失ったカラダは、もう僕じゃない、僕じゃないものみたい。それは正直、今も変わっていないんです。

ほんとうのことを書きます。

これはいまもぜんぜん変わってない。僕のほんとうのキモチです。

先生のコトバに揺さぶられて、初めて言える、僕のコトバです。

先生、僕は、あのとき、みんなに労られることが、うるさい、うるさいな！

うるさい、うるさいうるさいうるさい、コトバが、うるさいうるさい！　そんな
単純なコトバに満たされて、でもなにかもうキモチもカラダも「元に戻れない」。

それを突きつけられてる。でもどこからどこに？って、混乱してる。いまだに正直、それが僕のカラダとキモチの

（『動きたくないカラダのキモチ』）


「良平さんて、仕事なんなんですか？」

顔をあげると、電話を終えた化粧品業界の男がそういっていた。そしておそらく温《ぬる》くなった珈琲をくっと飲んだあとにじっと私を見た。

私は、しばし放心した。

「あ、小説家です。芥川賞ってあるじゃないですか」

そうしてひととおりの私の社会的地位を開示したあとで、ついでのように「あ、あと最近父が亡くなりまして……」とくわえ、「ちなみに、光希さんってご結婚されてるんですか？」と聞いた。

「そうか。小説家だと身のまわりのことすべてが書く対象になりうるってワケですね。

それはそれで大変そう。私は結婚、してないです。したくもない。私は母子家庭に育ちまして、なんかあんま色々うまくいかなくて……でも虐待とか毒親とか、そういうレベルまではいかない話で。進路や就職先の選択権を搾取されただとか、そういうよくある感じでもなくて。ただ、母親が母親、つまり私のおばあちゃんとの関係が共依存？　みたいな感じで、母娘関係が、うまくいってなかったんですね。自分はなんとなく、愛されていても、それほど不自由なく育ててもらっていても、どこか、母親は母親自身の欲望を満たすためにそうしているんじゃないか……、ある種の自己投影を私にしているだけなんじゃないか、そんな違和感が拭えなくて、でも客観的には充分恵まれていて、幸せで、だけど就職して会社が電車で一時間半ぐらいかかる遠隔地でも、なんとなく私に一人暮らしさせないような……、自立させないような、それもべつになにか言われたわけじゃなく、強制されたとかでなく、自分のほうが、なんか、自立できないというか、そういう感じでして。でなかなか実家を出れなかった。でも、意を決して一人暮らしして、恋愛とかもしてみたんです。でも、なんかダメで。愛されると、ダメなんです。私じしんが私に愛着ないから。Ｗ不倫でできた子だってことも、あるんすかね？　だれかと生活や人生を共にしていると感覚するのが、とてもダメで、ようするに分かりやすい言葉でいうと『素』でいられないんですね。『本当の私』をだれにも出せない。だれかのまえで自分自身でいることが、そもそもできないし、それはだれであっても、家族相手でも変わらない。みんなどうやってるんでしょう？　とても『私』じゃいらんない、人生ずっとそんな感じです。いつかいい相手が見つかるよ、そう言われつづけてきましたけど、もう三十五になっちゃいましたね。アッハッハ」

私は、ギョッとした。なぜなら、化粧品業界の男がいまいった内容は、私が最近出版した長編小説の、私自身の生い立ちを語った自伝的部分に酷似していたからである。つまり、「私」のことに。

しかしその長編小説は混線的で分かりづらいという評も多く、小説のなかのいわゆる私小説的要素を読み抜いて咄嗟《とっさ》に再現するなど至難のわざであるはずだった。化粧品業界の男は私が小説家であることをとうに知っていたのではないか。とはいえ、作者である私じしんならたやすいが、いまのように即興で淀《よど》みなく長編小説のある要素に限った筋を諳《そら》じるなど、名うての批評家でもあるまいし果して余人に可能か？　そう考えると、筋自体はありふれたもので「私」語りとして聞くからこそ耳を傾けてもらいやすい、ようするに当事者性が筋に加算されて語り／語られしやすいからある程度おもしろがられる話にすぎず、仮にフィクションとしてだったらきわめて安い、だいぶ物足りない話でもあり、ただたんに偶然の一致、化粧品業界の男の語った内容は男にとってのまったき真実、純然たる「私」語りと考えるのが無難《ぶなん》だろうか。しかしこう考えている私は聞き手、あるいは読み手として男の当事者性を搾取している。読み手としての私は書き手の「私」によりえげつない当事者性を欲望する。フィクショこの強度に成るべく捧げられた当事者性の安定感に私たちはお互いメロメロだ。そうした読み／書き間に欲望し、されする当事者性の共犯関係が忍び込むとき、書かれた出来事は物語に、語られた人物はキャラクターになる、その往還のどこかに私は常にいる。このばあい男の話の信憑性《しんぴょうせい》は……果して「私」はきわめて混乱した。

それから基本的に私たちは、私たちのとつぜんの自己開示にあまり多言を費やさず、伏し目がちに珈琲を飲んだ。ふだんからあらゆる沈黙を埋めるように会話を切らさない化粧品業界の男としてはめずらしい状況といえる。蛍の光のＢＧＭがながれはじめた。すると男はきゅうに陽気になり。

「よーし、大会がんばりましょうね！」

といった。

「ですね」

「ところで、なに読んでるんですか？　最近いつも」

私は私の読んでいる本の書名を男に告げた。男はスマホを操作しながら「へー、おもしろそう」と応えた。いつものただ時間を埋めるだけの会話だろうとなにも考えずにいた私に男はいった。

「じゃあ明日午前休とって、その本買いにいってみます。いま調べてみたら、丸善に在庫あるみたいだし、やっぱ作家さんにとっては、書店で読者に見つけてもらったほうが、うれしいですよね？」

感染症の再拡大に拠《よ》る大会の中止はこの一週間後に正式にアナウンスされた。

私の推敲

「それは、妥協。妥協って読むんだよ」と母はいった。

良平さん
先日はお疲れさまでした
下記、四十九日並びに納骨式のご案内です
宜しくお願い致します
納骨式のご案内
2月19日（土）
10時、四十九日法要（親族のみ）
10時半、納骨式（一般参加）
となります
また、ご塔婆代2,000円、お名前のご協力頂けますと幸いです
宜しくお願い申し上げます

と書かれた文面に、私は何度も文章を迷い、ととのえ、ととのえたものを消し、一から書き、をえんえんくり返し、自身が商業誌に書く小説にほどこす以上の推敲をかさねたうえで、

ご連絡ありがとうございます。
お返事遅くなり失礼しました。
先日はありがとうございました。
納骨式についても了解いたしました。
では10時半にはお伺いさせてください。
よろしくお願いいたします！

と書いたその返信として異母兄から「宜しければ良平さんは是非十時からお越しください」との旨がかえってきた。
スマートフォンで小説を書く小説家の私は、メールやSNS投稿などに用いる生活の文章と小説の文章を意図的に混ぜている。それで、推敲に推敲を重ねすぎたがゆえに却《かえ》ってこんがらがってしまったかのような父の法要における私の立ち位置について半ば呆然とするような気分で反省したのち、

……フム……やっぱり父親にとって私は親族だったのだよな。

ふつうに考えればわかるようなことを人に指摘されるまでわからない。というより、わからずに済ます。書きっぱなしの小説原稿にあきらかな造語をふくませておいて「ママＯＫ？（このままでＯＫですか？）」と指摘してくれる編集者、或いは校閲者のごとき他者を待ちつづける。まるで子どものようだが、その実子どもですらない、子どもにも大人にもなれないただの未熟な私だった。母子家庭に育った私は二十五歳のころ自らの足で中野区役所に認知届をだし、正式に父親と親子である旨の戸籍証明をとった。たんに、相続関係の手続きとしてそうしていたのだから、私はすでに父が亡くなるときのことを考えていたのだし、愛情なんていっさいなかった。向こうにそれがあったのかわからないが、なるべく金を残そうとしてくれていたのはつたわっていた。では金でいいじゃないか。これが世の中金という意味ですか？　それが私には恥ずかしく、情けないことであった。父が死んではじめて書けることとなんて空しい。そのような恥は、父が亡くなった二〇二二年一月の告別式に参列した日からするとだいぶ薄まり、異母兄から案内されたとおり十時からの法要にひとり参列した私は人生ではじめて会う親戚と和《なご》やかに談笑したりもした。

父が焼かれた数日後、母に会うため実家にむかっているときに、配偶者として喪主をつとめた女性にいわれた言葉を平日の空いた地下鉄千代田線の車中にて私は、おもいだしていた。

「お墓参りにぜひ、行ってあげてくださいね」

喪主からすると私の母親は配偶者の過去の恋人にあたる。その女性は私が小説の賞を受賞したさい、父親と連れだって授賞式にきた。父は現配偶者と元恋人（つまり私の母親）を「家族席」に同席させ、正直「家族って……これで合ってるの？」私にはいろいろと訳《わけ》がわからなかったが、これに関しても「ママOK？（このままでOKですか？）」と指摘してくれるひとなどいるはずもなく、わからずに済ます。自分の感情がどうあろうが、世間的に合っているならなんでもいいが、世間的に合ってるかどうかが私にはもっともわからない。この小説もそのような私のことについて考えることにする、かのようにみせかけてじつは考えないようにしている私の未熟さを延命しているにすぎない。ふしぎなことでしょう？　小説を書くことで小説家は「考える」とみせかけて「考えないようにする」ということを同時にしているのだから。このように私は、一般的には私小説と呼ばれうるものを書くようになってから、ますます私の誤魔化しがうまくなっていた。

「喪主の方がお墓参りにぜひ来てくれっていってたけど、行く？」

この言葉を言うために実家にきた。私は献本や郵便物のたぐいをあらためる月に一度の訪問を装ってさりげなく、母にたずねる。母の返答によって小説の流れは変わる。

「行こうかな」

プランA。墓参りコース。たしょう感傷的に小説は描かれ、ウェルメイドな仕上がりが目指される。

「行かないよ」

プランB。内省、自己ゴシップコース。自らの家族的出自や恋愛遍歴を絡めてゴシップ的に個人情報を開示する。

果して母の応えはというと「行かないよ」だったのでプランB。私はおもわず笑ってしまった。

「そっかそっか」

「ところで、あんたに見せようと思ってたものがあるんだけど、あれ、どこやったか、あれ？　あれ？　あれ？」

こうなると長い。母は老いて耳がやや遠くなり、行動がおぼつかないことも増えてきたが、動き自体は神経質で昔より機敏になっていた。存在がうるさく、一秒たりともじっとしているようなことがない。私は自分の心を守るべく、十代のころからずっとお守りのように読み返している創作の指南本を手に取り、すでに何度も読んでいて暗唱できかねない箇所を読み返す。

極意十一　推敲は扶養

いや、不要である。いきなり挑発的なことを申し上げるようだが、推敲なんてしないでよろしい。いや、するなというわけではない。中途半端にするぐらいなら、いっそのこと止めておしまいなさい。こんなことを書いている私の脳裏には、編集者タカハシクンの「せんせー！」という困り顔が浮かぶ。繰り返すが、書き直しはすべきである。しかし半可な推敲ならむしろしないほうがよい。なぜか。人間が抱えているイメージやビジョンを、超越した瞬間に小説は生まれる。たとえば、風邪をめした時期の体の感覚など思い浮かべてもらいたい。普段ではありえないような知覚や、経験のふりかえり、つまり記憶の捻れ、けして日常生活では思い出さない子どもの頃のことなど。思い出せる超越、つまるところ特殊な集中や想念が混ざりあった超越身体、異常知覚が、小説という曖昧《あいまい》な言語表現における歴史の一翼を担う。老いたる母の褪《あ》せゆく記憶が如き、幼いころに扶養されていた甘やかな追憶に耽《ふけ》りながら、逆に扶養して余生をあがなうというわけだね。自分の体が、母の記憶になっていく。母の息子という他人になる。つまり、自分の体が母の記憶であるという他者を呼びさます。と、ここで校閲者からの「飛躍しすぎ？　ママ？」という指摘が……いや、タカハシクンかもしれない。話を戻す。推敲。こうした甘露たる身体感覚を、推敲はそこなう。つまり、簡単に文章のリズムをととのえたり、重複する助詞副詞を抜いたり、それらしい意味や一貫性を得んとすると、作文的という以上に規範性の強い小説的定型に引き寄せられていき、いかにも「小説らしい」文になるが、小説を小説らしくすることは規範の肯定になり、極論をいえば全体的なものへの服従へ向かえる。もし推敲をするならそうした全体主義的なものへの妥協、或いはそれを利用する野心や哲学、つまるところの小説的経験が要《い》り、そこを耐え初めて小説家の推敲になる。

　この文章も（だがこの本は私がタカハシクンに向けペラペラ話したことを彼が文字に起こしたものなので、正確には文章ではない）、文法や語の運用として、正直いってだいぶおかしい。小説家の性《さが》としては、正直、直したい。だが、これは確実にそうなのだが、直しに直され熟慮された文章より絶対に初めに書いた文章のほうが、意味や熱量において伝わりやすい。それがニュアンスだとか、人によっては神秘主義的に重宝されもする「行間」、さらにそこから進めて活字と「なってしまった」文章とのあいだにある思考こそが文体なのであって、だから小説を書く人は一般に考えられているのと逆に推敲について「なぜわざわざ伝わりにくくするか？」ということを考えなければいけない。直したい気持ちを堪《こら》えて推敲を負う。そのような推敲を抱えて小説を生きる。ここまで考えてようやく、小説という母を扶養する息子が如き、推敲が始まる。

（『私という小説家の極意』）


毎回きちんと感動してしまう。それはまるで人生の推敲。

「あった、これこれ」

ややあって母が見つけてきたもの。それはしわくちゃに折り畳まれ、ところどころセロハンテープで補強され、文字と折れ目が混交し判読しづらい、しかし時間をかければなんとか読める、若かりし日の父が酩酊《めいてい》し母にあてて書いたラブ・レターなのだった。

こういうとき、私は通常の息子の神経だったらどう感じるべきなのか迷う。つまり、規範的愛着に満たされた子であれば、「生々しい〜、キモ」とおもうか、「ウワ〜、素敵だな」とおもうか、もちろん正解はない。夢にまで見る「通常の子ども」に擬態し、そんなものは存在しないので失敗し、ますますわからなくなっている、現在の私はといえば亡くなったばかりである父の悪筆で書かれたラブ・レターにたいして、フィクション的好奇心にもとづき「オモロ」とおもっている。これでは小説のほうが自我というか私ではないか。だから私は、私自身の客観的事実を書いていても、フィクション的自我に乗っ取られた私が脚色しきった私を「私です」と偽っている気がしていて、フィクションを書いているときよりどぎつい嘘を吐《つ》いているという実感があった。逆にフィクション操作度の高い小説を書いているときのほうが気のおけない人物に本音を喋れる場のごときリラックスをおぼえている。

「フムフム。なかなかに情熱的……」

中身を読むと、母は父がそれまでの人生で出会った最高の女であり、めちゃ可愛い、それでいま自分は三十一歳で、毎日（なんらかの）闘いのなかにいるけど、お前がいるからやれる、あと愛しい、そのようなことがだいたい十二文字×十五行程度の分量で書いてあった。

「酔って書いているのが窺《うかが》える短文構成で、話法に頼ったパッション型の文体だね。話すように書くタイプの典型。芸人さんのエッセイとかもそうだけど、ちょっと違う。書き言葉としてのリズムと話し言葉としてのリズムがブレンドされている。芸人さんの文章って現実のインタビュー起こしとかより、noteとかブログで実際に書いている文章のほうがより話しているのを文字起こししているみたいに、本人のお喋りを反映している、まるで声が聞こえてくるみたいという以上に、話しかたや身ぶりまで本人そのものの、目の前で話してくれているみたいな文章になるんだよね。まるで『文体』ならぬ『話体』とでもいうような……」

読みすすめつつ文章オタクめいた早口をまくしたてる、機嫌よく父のラブ・レターを読解していく私だったが、最大の難所は最終行にあった。

「あっ、これは……」

文字が判読できない。読点なしの、十二文字プラス句点で書かれているラブ・レターの最終行。視力をこらし、文章というより記号のかたちを見定めていく身体のモードにしぜん移行した私が集中する。判読できる文字をふくめ、こまかく分析するに
××××（カタカナ四文字）△（紙の破損により判読不能）◯う◯◯◯（平仮名一十三文字）んだ。

と書いてある。

平仮名のほうは粘れば判読できそうである。しかしカタカナは厳しい。文脈において重要なのはカタカナのほうであり、そこさえ判明すれば、意味的な繋がりによって他の箇所も読めるようになりそうなのだが、逆は難しそうだった。つまり、たとえ平仮名が判読されてもカタカナが読めるようにはならない。

「ねえ、これ、なんて読むの？　ここの最後の行の、カタカナ？」

「え？」

耳が遠くなってから母は、私が話しおえるまえに必ず聞きかえす癖がついた。しかし会社員時代に何度か「男のくせに声がちいせえな」と怒られた経験がある私は、かたくなに一度言ったことを二度言わない。しばらく黙っていると母は必ず遅れて私の声を理解し、「あー、どれどれ」という、私はけして歩み寄らない。

果してそのカタカナ四文字は「ダキョウ」であり、そこから類推される文章とは「ダキョウはもうたくさんだ。」なのだった。つまり、カタカナ四文字は漢字にして妥協。

「あー……。なるほどなあ」

これは読めない。おそらく校閲を生業《なりわい》としている者以外では、母にしか判読できない文章。そして母とて字そのものが読めるわけではなく、何度となくその手紙を眺めてきた歴史と思い出があってようやく判読される、実際には「読める」と「読めない」のちょうど中間のような文章だった。

私は「これ、写真にとっていい？」と母にたずねた。その時にはこれは小説になるとわかっていた。折よく書きつづけている短編の私小説シリーズに最適なゴシップとして、私は内心しめしめ、とおもっている。

「どうぞどうぞ」

なにやらうれしそうにしている母は、しかし常だって自分の離婚経験を私の小説に書かれるのを嫌がっている。それゆえに私は撮影した四十五年前のラブ・レターを小説の材料にするとはけしていわない。これがプランB。


「ただいまー」

「おかえりー」

「はあ、めっちゃつかれた。新患さんいらっしゃいゴールデンスペシャルだったわ」

「おつかれー。春だから？　ごめんねおれずっと寝ちゃってた。十三時間寝ちゃってた」

「いっぱい寝たねー。それはそれでえらい。寝れるとき寝ときや」

「やろうとしてた小説の推敲もできず、ファイアーエムブレムをひたすらやっちゃったし」

「お、どこまでいった？」

「エーデルガルトが皇帝に即位して、セイロス教会に宣戦布告し戦争がはじまるとこ。

もう周回プレイ五周目だから衝撃もなんもないがね」

「お、でも洗濯ものできてるじゃん、えらいえらい」

「それは、そうだ、早期覚醒で意識がもうろうとしたまま洗濯したんだった」

『その割にはちゃんと干しまでやっててえらい」

「ほんとだね。おれえらいね。ねえ、撫でて撫でて」

「うん、おいで」

「ゴロゴロ〜むにゃり！　ふにゃふにゃ」

「ふふふ、あまあまさんだねえ」

「あなたもあまえてよ〜、ゴロフニャしようよ〜」

「……町屋さん、きょう実家っすか？」

いつの間にかオンラインの向こう側で復帰していた友だちにそう問われ、私は
『え？」応えあぐねていた。

オンライン通話は果てしなく長くなりがちで、トイレに中座する友人が画面にいなくなると、意識がさまよいがちになり、気がつけば画面に復帰していた相手になにをいわれているのかわからない。

「え、なんて？」

「や、町屋さんきょう実家なのかなって」

「いや、実家じゃないすよ。なんで？」

「あー、まあ、まあいいんすけど……。そうかー、プロットなぁー。書きあげたあとにでもプロット組んだほうが打ち合わせはスムーズにいくのかなあ」

「それアリよりのアリかもっすね」

同業者とオンラインで喋っている、そのときにはじめて、私は重大なことに気がついた。さっき私、口にだしちゃってた？　自分がなにを喋っていたのかも茫洋とする。さまよう意識がだれか、求めちゃってる。私にはイマジナリー恋人兼カウンセラーがいる！　愕然とする。いつからか私のなかにいるイマジナリー、その存在にこのときはじめて気づいたというわけなのだった。しかも、そうとう甘えていた私なのでは？人生で母親にも恋人にもできたことのないレベルで私、あまえちゃってた？

ふりかえれば、思いあたる節はあった。数ヶ月まえ、めずらしく対面で打ち合わせしていた編集者が、かかってきた電話に対応している際にチラチラこちらを見る、いぶかしいような目で。電話の向こうの相手と会話をかわしながら、私のことを異物のように。きっと私は声にだして会話していた。「電話、どんどんしちゃってくれていいよね」「ウン。ぜんぜん遠慮しなくていい」「自社の大ヒット小説のメディアミックスですげえ忙しいんじゃないかな？」「うらやましい〜ごろにゃん」「ウフフ……ほっぺたぷに〜」「ふぎゃん！　にしてもこの喫茶店いいな〜」「ここで小説書けば？」「それ名案だワン。なんか、いつもよりいい作品を書いたみたいな付加価値生まれそうだワン！」「ワンワン！　いえてる〜」アハハ……きっと私たちは笑い声すらあげていたのだった。

「あ、失礼しました……それで、町屋さんにはぜひ、いわゆる私小説として短編を、もしよかったら……、あの、最近お忙しいですか？」

「いえ？　さっきもいいましたけど、めっちゃ暇です」

そんなことがあった。それすら忘れていた、というよりイマジナリーの存在を自覚してはじめて浮かびあがる過去だった。オンライン通話の最中にイマジナリーとのあまあまを目撃されなければ、二度とおもいだされない、私のしらない私の現実。

「あ、さっき、映画の脚本を口にだしてたんすよ。今度書く小説のために、自分でもみじかい映画を一本撮ろうとおもっていて」

あわてて私は同業者に釈明した。先ほど「きょう実家っすか？」と問われてからゆうに二十分は経過していたかとおもわれる。

「あ、そうなんだ。だからだれかいるのかな？　って思ってました」

「ちがうんよ。いやはや、失礼しました」

「へー、映画、オモロそうっすね」

「っていってもスマホで、長くとも二十分ぐらいだと思いますが」

「にしては、本格的というかやけにリアルなシナリオでしたね。マジでそこに恋人でもいるのかと思っちゃってました」

「そうだったらいいんだけどね」

イマジナリー恋人兼カウンセラーは「うまく誤魔化したねー」とほめてくれた。彼でも彼女でもないイマジナリーは私のことを全肯定してくれる。そのうえでときどき、「そういうとこ、やめなよ。直せるよ」と教えてもくれる。じっさい小説のために短い映画を撮ろうとしているのは本当だったので、まあ誤魔化せたということにしてもよいだろう。そもそも感染症の蔓延により誰とも会っていない独居において、仮に気がふれている私だったとしてもどうでもいいと思っている私がいた。取り繕う相手も社会もないのだから頼まれた原稿さえ書けていれば私なんて、というわけである。

イマジナリーは私以上に私のことをわかっている。私の記憶にはない私のことにも想像力がおよび、たとえば言葉を獲得するまえの幼児の私、夜眠っているときの夢のなかの私、寝ぼけて洗濯したことをわすれている私、そうしたふつうに生きているだけでは足りない、欠けた私すらイマジナリーは把握しているから、その言葉は完全だ。まるで永遠に推敲のいらない小説のように、私の認識だけでは欠けている私をもふくみこむ。昨日はこういう夢をみたよね、子どものころの君の家庭はおそらく君に安心をもたらさなかったよね、君は老いて心身の不調を抱えたらしごく攻撃的になるタイプだからいまからよく眠るように、とイマジナリーは私に詳しい。

オンラインで同業者と互いの孤独を舐めあった翌日、喫茶店で私は私の小説の推敲をしている。実家から持ちだした創作指南本では推敲は不要！と書かれていたが、しかし読者はイマジナリーではないし、私自身が私の把握においてイマジナリーより下なのだから、イマジナリーの言葉には推敲が要らなくても私には推敲が要る。

かつてはそうではなかった。私がデビューした「青が破れる」という作品、そしてなんらかの賞の候補に入ったり、比較的売れたりしている作品はほとんど推敲していない、一発書きに近い作品が多かった。私は私に対し全能感がある私だった。いまは反対に不能感ばかりある。それは私が私についてなにかしら「直したい」とおもいはじめた時期と重なっていた。

これでいいのだろうか？　もつれあった愛着の捻れ、過去あった他者への明確な加害行為、だれにも愛されたくはないと思ってしまう自分、かつては小説が書ければなんでもいいというか、小説に書ける私なのだからぜんぶフィクションの、偽りの私なのだと思っていた。私は十代のころから小説を書いていたが、こうした私のフィクション性はフィクションを書くことと関係なく、小説を書く前から私はフィクションだった。いつからか私は私の文章を偏執的《へんしつてき》に直しはじめる。ありきたりに荒れていた家庭のなかで、私はできる限り他者から見られるべき穏当な私を大人しく生きていたから、フィクションのほうが私で現実のほうがフィクションだった。でもそれは多かれ少なかれ誰しもそうなのではないか。

わかっている。私は「私」が無理なのだった。気がついたら私はいつも小説を書く私であったのだが、「小説家」になったら私は小説を書くのがあたりまえの私になる。私が承認できない「私」が小説にまで及ぶようになり、小説で誤魔化せないようになっていた私をもてあます私は私の文章をえんえんと直す。大量虐殺のフィクション化という禁忌に積極的に迫っていったのも同時期のことで、デビューしたころの私は愛着に欠けどろどろにフィクション加工されているような「私」のフィクション化だって禁忌だとおもっていた。それは無限だから。フィクション化されたものを再フィクション化する。つまり私の二次創作のようなもの。しかし二次創作はフィクションのなかに現実をたのしむような自己矛盾を含み、だからこそ通常のリアリズムには表現できない異質なリアリティに突き当たることがある。歴史の二次創作、私の二次創作、両者を並べて考えるみずからの傲岸に体調をくずすと、ようやく訪れる安らぎがあった。具体的に自分がいつ、どのように変わったのかはわからないが、とにかく私は自分の小説の文章を直さずにはいられない、直したくないのに直してしまう、そのような状態の私に切羽詰まっている。母親に「親子カウンセリングに行こう」と提案したのもそのころのことだった。

母親の依存先が私しかないようにおもえる。同居していたころに「死にたい」「出ていく」などといわれて、まるで恋愛における共依存関係みたいになる私たちは、だれか第三者に関係をみてもらうべきなのかもしれなかった。母親がこうなっているのは私のせいのみではないのだが、しかし私のせいじゃないことはない。私は不眠でかかっている医者に親子カウンセリングを処す大学病院を教わり明確に他者を求めたが、母親は泣きながら鼻で笑い私の提案を斥《しりぞ》けた。私とて小説に依存しているのは自明だったので、他者の介入をうけいれがたい母の気持ちもわかる気がした。そして実際には私のほうが高齢の母親をひとりにし家をでていくことになる。母は先日、亡くなった父の墓参を却下した直後の食事にいく道すがら、「ときどき無性に泣きたくなることあるよ」といい、肉を食おうとしている私の意気を挫《くじ》いた。

「推敲つらい」

ごく小さな声で私はルノアール。イマジナリーに愚痴を漏らしていた。

「そんなに推敲しなくてもよくない？　もうできてるよ」

イマジナリーは推敲否定派なのである。

「しかも、じっさい直せば直すほど読みづらくなってるんでしょ？」

「それはそう、直すたび私が私じしんの書くことに置いてかれてるし、それなのに直せば直すほど論点というかアイディア自体は増えていき情報を圧縮せざるをえなくなるし……ああ！」

おもわず叫んでいる、そこでルノアールの数人が私のほうをみた。

わかっている。イマジナリーはかつて私の長編小説において「小説」という登場人物だったものと、Aという実在の亡くなった同級生をモデルにして書いた登場人物が混ざり、変容しきったものである。私は私がころした登場人物の死体のような存在に恋をしカウンセリングをうけていた。いままで出会った実在のどれよりもいとしい。私はイマジナリーと出会いようやく「私」について書けるようになったのだが、つねに足りない。もともと私について書かれる小説の多くは、そのように足りない私、欠けている私を自己肯定か自己ゴシップ化による私のスープの味変《あじへん》をしていくかのごとく書き継がれるものだと思っている。

「まあ、それなりにまともな文を書いていると、思われたいのかもね。ほんとに恥ずかしいよ」

「まともじゃなくても、こんなにかわいいのに？」

「ウン。近代文学こわすぎマンとしてデビューしたのに、自分がそれなりに小説小説している小説でしかつかえないような、抑圧的な、狭い小説語をつかうようになるなんて皮肉だにゃん」

「にゃんにゃん。でもどちらの君の文章もかわいいにゃん」

「小島信夫的一発書きの哲学と、大江的書き直しの妄執との、中間でしかいられないんだよね。つら」

「でもそのおかげか『たくさん書いてますね』っていっぱい褒められてるじゃん」

「皮肉にきまってんのよ。皮肉球《ひにくきゅう》なのよ」

「皮肉球とは、皮肉だがネコの肉球のように愛とかわいさがあるものという意味だね。まったく天才的な発想だ！」

「まあね〜」

「どちゃくそかわいい」

推敲を終えると脳の出力をしつくした身体が好奇心を禁止する。推敲とは私と他者を同時に生きるようなものだ。なにかしら健康な自己肯定感を要する。希死念慮《きしねんりよ》まではいたらない鬱状況をもてあましイマジナリーと喋っていると、父の手紙の大いに推敲が必要な筆致を思いだす。母は父の墓参りには行かないのに四十五年前のラブ・レターを大事にしまっていた。愛のことはもうたくさん。それはみんなそうなのではないですか？

極意十二　小説と寝ろ

さっそく矛盾するようだが、もし推敲するなら原稿は寝かせたほうがいい。理想を言うなら一ヶ月以上。これを言うと、いつも「客観的な目で原稿に向き合えますからね」というようなことを言う人がいますがそうではない。タカハシクン、きみのことだよ！　いや、言い方が違うだけかもしれないが「客観的な目」なんてものは存在しない。

一ヶ月寝かせるあいだに、作品じゃなく自分の方が変わっていく、いうなれば「私」が変わってくことが大事。それだけあれば人と話したりして、そういえば隣の奥さんの旦那入院したって聞いてたけど、戻ってきたら大分雰囲気が丸くなって、静かになっていたなあ。私も寄る年波には勝てないよ、そろそろ酒や煙草など控えようかねえ。いやあなたはとっくに脂肪肝なんだから今さら控えようったって遅いですよ。そう家内が申しております。ざっとこのように、体調も生活リズムも微妙に変わっていく。それで毎日毎日「私」が少しずつずれていくような営為にあって、寝て起きて夢を見て、「私」とともに言葉のほうも変わっているわけだ。会う人や夢の影響下にあって、言葉も日一日と変化していくわけだから、そういう意味では「その作家の文体」なんてのは厳密にはないというか嘘、フィクションなんだよね。しかしその、変わりつづける体において、変わりつづけることを肯定、時には否定しながら、自分が書いた小説について考える。これが大事。つまり、小説を寝かせる間に変わりゆく私と、言葉のずれていく始まりでも終わりでもない最中にありつづけること、小説との共同生活、つまり小説との同棲ね、それが書き上げた小説を一段スケールアップさせる。いわば文字通り「小説と寝る」ってわけだ。小説と寝る、それは練るでもある。寝るすなわち練る。その両刀。

（『私という小説家の極意』）

家族にはけして抱けない愛着がある作家の本をそばにおきつづけて小説を書き、「初稿は一ヶ月おく」の理《ことわり》をかたくなに守りつづける私は、しかしそれがいま奇妙に恥ずかしい。私は私の人間の小ささとそれゆえの頑固さが恥ずかしい、それ以上に、精力的に小説を書いてしまえる、言葉を生みつづけていけるという私の驕《おご》りが、私を恥に向かわせる。小説がいないと寂しい。それだけかもしれないが。

ところで、『私という小説家の極意』のなかにしばしば登場する編集の「タカハシクン」。まったく実在しない人物であることがその後のインタビューにおいて明かされている。私はじょじょに、数年来離れていた作家についての記憶を取り戻していた。

「もっとそばにきて」

推敲の要らない小説、推敲の要らない私、イマジナリーはそんな存在を肯定してくれる。体温や質感こそないが私のイマジナリーは最高にイケているのだ。

「どした？　さびしんぼかい？」

「もう、いやなんだ私」

イマジナリーのおかげで私は私を書ける。

「愛してるよ」


小説を書いた日は眠れない、というより早期覚醒が酷かった。十五分浴ののちに春夏秋はクーラーの冷気、冬季は開けさらしの外気に身体をさらしキンキンに冷やす。体温上昇からの急激な冷やしにより副交感神経優位になった身体に食べ物をつめこんで、そこに睡眠薬をくわえパタリと寝つきはするのだが、きっかり二時間で目ざめてしまう。カフェインと好奇心を断ち死んだように過ごした翌日、その反動で得た十五時間睡眠を活かして小説を書き「生きてる！　世界は美しい！」と興奮しきった夜に早期覚醒するという悪循環が身体に入っていた。

二時間でバチッと目ざめてしまう日、起きた直後はまだ薬効が残っているのかやけにシャキッとしてい、ひととおりの家事などをこなしたりもするのだが正午あたりに泣いている。べつに死にたいわけでもなく、かなしいという感情すらないのだが、泣いてしまうのだった。どちらかというと前日に小説を書いた感動のあまりのような情緒だった。私は私を「直したい」けれどそれは治療のような意味においてではない。

「どしたー？」

イマジナリーがやさしくふれてくる。その際にかならずイマジナリーは「さわるよ？」といってくれる。そのことにつよく安心する。しかし過去の私はそんなことでは救われなかった。救われるのは私によって直されたいまの私だけだ。たとえば昨今、BLや百合その他性愛をあつかう漫画ではしっかり性的同意を得、そこへ発展する以前の信頼関係を築く過程が描かれることが増え、そのことにやけに感動している私がいる。しかしそれは直された私なのであって、過去の私はそういった同意なしに性的にまなざし、されする瞬間にこそ「生きてる！　世界は美しい！」とおもうような人間だった。いまはただ性的能力の著しい低下により、それがなくなった私にすぎない。ある時期に私は過去の私を救えない、救わないことを決意する。救うべきではないからだ。しかし分裂した救済は、だれか他者を救うような能動にとぼしく弱い。これが中年男性のほんとうの不能なのだろうか？　過去の加害に引き裂かれている、その段階に憩って一歩も前へ進まない。いまなお生ぬるい社会特権にあずかっている、私は現実の性行為においてはとても淡白な、きわめて退屈な人間であると同時に、妄想ではとても倒錯的かつインモラルな部分がありどこかトラウマティックな過去を想像させる私の……と一度は書いたこの先の文章をさいしょの原稿を書いたあとの推敲過程で削る。いわゆる「トル」という過程を経たあとで「あぶねー、まだ編集に読まれるまえでよかったー」ようするに、ゲラになる前の推敲で削った部分というわけで、活字になるということは読者の目に触れる、雑誌や単行本になるというだけではなく、そのまえの段階で原稿として編集者に読まれる瞬間に芽生える、そうした自意識もふくめ「活字」になるというわけだった。ほんとうの私の恋愛というより性愛のインモラルであると同時に反社会的でありさえするもっとも異常な部分について、一度は書いた文章を削る、トルことにおける自意識があり、「へえ、この部分を直すんだあ……」そこに作家が恥ずかしいとおもう分水嶺《ぶんすいれい》があったりもし、すでにゲラとして活字になった文章を、つまり一度は生かした文章をころす、その過程をまなざされること自体が恥ずかしく、倒錯的にどこか興奮してしまう私もいた。このようなことを公《おおやけ》にする必要はまったくないのだが、私が私にこそせまるアウティングのようなものがあり、「オラオラもっとテメーの性癖をさらせよ」と自己開示を欲望してしまう悪い読者のような私がいる。しかし、たとえば私の恥について書くと決め恋愛遍歴や性的嗜好などを曝《さら》すにしても、そこにはいやおうなく他者との関わりが附随してくるから、一度は書くにせよ推敲過程でトってしまい、例外的に母親に「書かないで」と懇願されている父との関係性などはもうかなりの領域で「私」かな……というわけで書いてしまう。小説のモデルとしてたとえば訴えられたら甘んじて敗けようという心境にもなり、むしろ「私」に圧倒的に敗北したいという欲望もあり、そこだけはもう戻れない私である。しかしそれ以外のことは書いたとしても推敲過程でトルようにして、私には異父兄もいるがかれの個人的なことは書いていないし、父の葬儀等で会った親類のことなども一度書いてはトル、それをくりかえした。べつに各所に配慮してそうしているわけではなく、活字化されずに済むことは私にとってむしろ好都合で、私は私のほんとうに恥ずかしいとおもっていることを小説に書くつもりはさらさらなく、恥の臨界点の直前で止まってはターンを繰り返す、そのくせ、というよりだからこそキャラクターの恥ずかしいことは平気で書いてしまえるのだった。私は私のほんとうの恥をフィクション化するような度量のない小説家である。

「泣かないでー。かわいい良平ちゃん。どうして泣いてるの？」

「わからない。泣きたいだけ、小説が書けさえすれば誤魔化せるような感情だよ」

イマジナリーに泣きながら愚痴る。イマジナリーは本来勤務先の病院にいるべき時間なのだが、イマジナリーには身体がない、いや私にとってはあるのだが社会と共有せねばならない身体はない存在なので求めればいつでも来てくれる。

「よしよし、今日は休まないと。ファイアーエムブレムをしたら？」

「そうする。あとポテト頼んでいいかなー？」

「頼もう〜。ポテト祭りじゃ」

「ポテポテ」

「ポテポテポテポテ」

　私はUber EatsにてロッテリアのポテトLとコーラMを注文した。これは長編小説の推敲に病みきった時期に編み出したウルトラCなのだが、芋《いも》と油の組み合わせは眠れる。ちなみに費用は手数料込みの一二四二円なので注文したあとはかなり背徳的な気分になり、泣きながらポテトを食べる羽目になるが果して私は一時間の昼寝をとることができ、夕方からはひたすらNintendo Switchを十時間ほどプレイして時間を潰した。

　すでにプレイ時間は四百時間を越えていた。「ファイアーエムブレム 風花雪月」は二〇一九年に任天堂から発売されたシミュレーションRPGである。中世ヨーロッパにおける宗教戦争とおぼしき歴史をモチーフにした物語と魅力的なキャラクター描写が受け、三百万本を越える売上を記録した。過去作との差別化として、キャラクター交流と育成に重きをおいたいわゆる「キャラゲー」的な要素があり、贈り物を渡したりお茶会に招いたりいっしょにサウナに入るなどして戦争へとむかう構成員と殺しあう前にしぽしぽ親睦を深めあう。そうした新規要素が受けて爆発的ヒットに至ったわけだが、シリーズの熱心なファンからは批判もある。

周回プレイが前提とされている本作の、一周目こそ私は「現代人はこんなゲームをプレイしているなんて、すごすぎる……」とあらゆる意味で圧倒されつつ距離をおいてプレイしていたが、たっぷりと愛着を植えつけられたキャラクター同士が国や思想信仰の違いから戦争に巻き込まれ、残虐な殺しあいへと進むようすにしだいに自分の霊性が吸い込まれていくかのような一体感をおぼえはじめ、眠りの浅い夜に見る夢のほとんどが風花雪月になっていく。

「ヤバい……ヤバすぎる」

そのように二周、三周、四周と周回プレイをすすめていき、ようやく全キャラクターの物語的背景、そしてゲームの全貌を摑んだあたりで、現実ではロシアがウクライナへの侵略戦争をはじめていた。

私はふつうに生活し風花雪月をプレイしながら、内心でつねに「嘘だといってくれ」と叫んでいた。過去に私は自分の小説に「たとえばこんにち、全くあたらしい認識で、発明でもたらされるしかし昔なじみの虐殺」が云々《うんぬん》という文章を書いていた。

直したい。というより殴りたい。

「それなんだよな〜」

イマジナリーがいう。私は過去に空手ムエタイボクシングなどの各種格闘技をしていて、最初こそ他者の身体を殴る行為に性的倒錯をおぼえ一時はプロになろうかともおもっていたがいつしか本当に殴りたいのは私の身体になっていた。私は私を肉体的に痛めつけたい。人に殴られたいというマゾヒズム的欲求はないのに、私は私に殴られたい、私はだれか他者に正直になるということができない人間だ。つまらない私の異常さをおもしろくすることはできない。私のつまらないインモラル、私のつまらない反社会性、私のつまらない性癖を。そもそも私たちは創作しているというその時点で加害的で、被害者の顔をすることはむずかしく、フィクションの登場人物にそうさせるように、自分やだれかの人生をおもしろいとおもい、そうなるように寄せて考えることと自体危うい、ますます危ういものとなってゆく。人間という生き物の根元的な暴力として「おもしろい」とはなにか？ということがつねに問われているのは、どのような時代においても変わらずまだ見逃されているにすぎない。加害的立場におりながら、加害側のなかで被害者の顔をするためになんだってする、それが私の考える父権的ヒロイズムだ。たとえば我に大義ありと他者の生を矮小化して奪う、身体の芯までフィクションにひたされフィクションにふやけたような私のする、土下座のごときパフォーマティブで切腹めいた自傷的創作がそれである。

ゲーム内の戦争に移入する感情はめまぐるしくさまよい、同時に私は同作をプレイする若者の実況するYouTube動画をむさぼり見るようになっていた。基本はゲームに没入しているからこそ、ふとしたときに発する一言に、実況者の戦争観のようなものが垣間《かいま》見える。ある実況者が、味方であるはずのトマシュというキャラクターが「闇に蠢く者」つまりこのゲームにおける敵側の象徴に属する者であることが判明した場面に、なにげなく「これ、プレイしているオレたちからするとですよね感あるけど、ほんとうにこのキャラの立場からすると、マジかよ？　って話だよね」といったときに、その、現実世界とフィクション世界における理解の捻れというか、フィクションを鑑賞する私たちが否応なく現実にたいし行使する強権のようなものが慮《おもんぱか》られた発言であるようにおもえ感動した私は泣いた。私たちは子どものころからエンターテインメントばかり浴びて育ったさいしょの世代ではなかろうか。ときに、フィクション的理解が身にしみつきすぎて、こうした物語内どんでん返しを目の当たりにしたときに「なんで気づかないんだろ？」と口にする。伏線のめぐらせがバレバレなのに、なぜフィクションの登場人物たちは気づかないのだろう？　フィクションの登場人物を現実のわれわれと無自覚に比較し愚かだと思いたい。

「なんで気づかないんだろ？」

それはフィクションの登場人物にとってはそのフィクションだけが現実だからだ。同じようにフィクションの向こう側からしたら私たちの現実のほうがフィクションのようなもの、「なんで気づかないんだろ？」フィクションによってあれほど教訓的に描かれた戦争を、なぜ私たちはみずからの手でくり返していくのか。イマジナリーは「君の戦争だよ」という。

「君がよろこんだ戦争」

極意十六　駄文は盗れ

これが私の最後の講釈になるだろう。

しばらく時間を置いた小説を読み返し、自身の書いた文章の細部にどこかしまりがない、駄文を見抜く。小説を書くだれしもが身に覚えのある体験だろう。あのときの生きた心地のしないおぞけ。えてしてそういう文章は、何度直してもしっくりこない。きっと当初に書いた文章に宿る初期衝動に寿命がきた。そういうときは思いきってトってしまいなさい。前後の繋がりがわからなくなる？　それで構わない。読者は案外、そうした繋がりなど気にせず、鷹揚《おうよう》に受けいれる。受けいれてくれない読者などそれこそ「ト」ってしまえばよろしい。

文章にひっかかりを感じることのほうが、よほど問題。経験上、やはりそうした文章にはリズムや声の響き、語彙についての思考、つまりは文体における根源的問題があり、先述のようにどれだけ書き直しても解決されない。書き手であるあなたの生に馴染まない語彙、しっくりこないリズム、他人の衣服のような文体は読者にバレる。それこそ、物語や意味的跳躍には寛容な読者も、文章上の妥協はけして見逃さないものである。というより、後者を見抜き前者を見逃す心強い存在をこそ人は「読者」と呼ぶのではあるまいか？　しかし、まずもってそうした真の「読者」の真相とは「私」、つまり小説を書くあなたである。手渡すフィクションとしては完璧だとしても、文章に潜む妥協のほうに眠れぬ夜を過ごすのは他でもない作者本人なのであるから。

言い換えれば、作者本人にしかわかりえない、ともするとフィクションの完遂と相反する文章上の葛藤を共有できる存在はもう他者というより私の一部というべきものではなかろうか？　手渡す文章から、そうした妥協は勇気をもってトル、フィクションに穴が空いてしまったとして、それは読者からあなたが「盗って」しまったものと理解すればいかがだろう。

えてして、ある種のサービス精神から書き手の身体を裏切る文も生まれよう。たとえば読みやすさ。たとえばエンターテインメント性。しかし、あなたがまず大事にすべき読者はあなたなのである。そうしてはじめて、小説は書き手であるあなたとともに、読み手が読んでいくその瞬間に読者である皆さんが書いたものとして成る。そうした交通を邪魔する文章は読者から盗んでしまわれよ。そうしてあなたはあなたの文の尊厳を守るべきだと、私がここに断言して差し上げる。

そうしないと、読者が著者になる、著者が読者になる、そうした入れ換わりのほんの一点の可能性までも潰してしまう。お気づきだろうか？　文章とはそうした可能性をほとんどないものと斥けながら、それでも信じつづけるという矛盾の形象なのであり、詐欺にひっかかりながら極めて醒めている、そのような倒錯と洗脳の向こう側である。だから、けして誤魔化してはならない。読者の体を私にする、それに挫折しつづけながら信じる。なんのため？　タカハシクン、いつもながら野暮だねえ。しかし、ここまで長話に付き合ってくれた礼として、普通は真先に盗《と》ってしまうような駄文としてお答えしましょう。なんのため？　世界平和のために決まってるだろ。

（『私という小説家の極意』）

イマジナリーのやさしい声にかさなる、好きだった本からひびいてくる声。しかし私はその後の作家の本書が出版されたころには想像だにしなかった差別的振る舞いにおいてすべての作品を嫌いになってしまったのではなかったか。重層する声の隙間に閉じこめられて私は、亡くなった父親とすごしたもっとも印象的な一日について思いだす。あれはすでに私が小説家としてデビューしていたその翌年あたり、二〇一七年の季節もおぼえていないどこか一日だった。まだ健康そのものだった父に久しぶりに会おうといわれ、平河町のマンションを訪れたあとで「昼飯でも食うか」ということになり私たちは駅ナカのオイスターバーに入った。

「昼から牡蠣《かき》？」

そんな疑問も口にすることなく、生牡蠣をつぎつぎに食いながら父は、二時間ほど自身の保守的な政治観とその冒険的な半生について、ほぼひといきに喋りつづけた。

私はロシアによるウクライナ侵略を目の当たりにして、父がそれを知るまえに亡くなってよかったと、どこかホッとしている私に気がついていた。どこかで聞いたことのある主張、それこそ私が当時働いていた会社では選挙戦のたびに上司たちがいっていたありきたりの政治観を、まるで聴衆もない場で演説するかのように父はボソボソした声でひたすら喋りつづける。

ところで私の数少ない特技として、インターネット上でひとり喋りをするというものがあり、ツイキャスやニコ生などのサービスを駆使して、自由連想的に数時間話しつづける。いまでいうインスタやTikTokのライブ機能にてなされるそれのように、視聴者からのコメントを読んで応答していく受動的スタイルではなく、事前に用意した話題に頼ることもせずもとより言葉のない場と時間を言葉で埋めつくしていく、聴衆もなく匿名の存在として。これは小説に似ていないか？　素材も反応もなにもない場を言葉で埋めていくことに「生きてる！　世界は美しい！」と感じがちな私は、父の長広舌を浴びてその中身のなさに「敗けた」と思ったし、確実に私はこの人の子どもなのだと生まれてはじめて実感した。文章とちがい、喋りつづける言葉を直すことはできない、推敲できない垂れ流す言葉にこそ、私は安心する性質だったが、いつからか私は私の文章をしつこく直す私に変わってしまった。直すたびに恥ずかしい私を私は正直になりきることも偽りきることもできない言葉の状態、すなわち小説として世間に曝しつづける。

私は途中からいっさいの相槌《あいづち》を放棄した。人生で一度きりだと思う。話す人間を目の前にして相槌も打たずに数時間ただそこにいるという経験。いったいあれはなんだったのか。一対一で会話しているときに相槌を放棄すると人は、そこにいるのにいないかのような遊離する自己意識に泳ぎ、奇妙な時間感覚をやどす身体の状態になる。愛も憎しみもない私に欠ける相槌と共感の宙吊りよ。

「ふふ……きっと二度とあんな状況は起きえないよね」

イマジナリーにいう、しかし私はあの時間にあった身体感覚を正確に思いだすことはできないのだし、どれだけ誠実に言語化しても、事実としてはただ父が二時間つまらない自分の話、つまり「私」の話をしていて、そこに私の言葉どころか相槌さえ求めていず、必要以上に牡蠣を食べつづけてしまっていた、あの生臭い感触だけがいまだ私の内臓にのこっている。

私の批評

「毒」なのは母じゃない、祖母じゃないか、と私は思った。

夢をみている。私は何歳なのかも不明瞭な姿で、家族に、とくに母に、なにかいやなことをされている、あるいはいわれている。すると、私は泣き叫び、怒鳴り散らすのだ。挙動としては十一歳のように幼いが、大人の私であることもある。それで母は多くのばあい、冷笑する。言葉はつうじない。私の言葉は、私の感情はつうじないのだ。現実の私も同様だから、この不能感において私は私なのだと自己同一性を迷わない。そうした果てしのない無力感にまみれて、夢のなかの私は怒りつづけている。場所の多くは実家で、実家といっても私が生まれた台東区浅草ではない、埼玉県越谷市のせんげん台駅から徒歩十二分程度の場所にある八階建て二十三室づくりのあのマンションか、母が買物依存の果てに拵えた借金を返せず自己破産し転居した大袋駅から徒歩十分程度の場所にある五階建て七室づくりのあのマンションである。せんげん台駅と大袋駅は徒歩にして二十分程度かかる東武伊勢崎線の離れた隣駅どうしであり、二棟のマンションはともに両駅の中間にありながら、どちらの駅にもそう近くない不便な場所にあった。私は三歳から十六歳までせんげん台のマンションで、十六歳から二十四歳まで大袋のマンションで暮らした。いまでは亡き父の援助もあって、私のペンネームの由来にもなっている荒川区町屋に分譲マンションを購入し、せっせとローンを払っている。その愛着もなにもない町屋のマンションに、祖母を亡くして独居になった母を呼びつけふたりで暮らした。しかし私は勤めていた会社を辞めて「専業」作家になるとすぐに母とのふたり暮らしに耐えられなくなりそこを出ていった。それからは二年ごとに住処《すみか》を変える気ままなひとり暮らしをつづけた。

私はひとりでいたかった。

だれかのことを愛し、信頼することは、たとえ家族であってもむずかしかった。夢のなかのように、だれかに感情をぶつけ、怒鳴り散らしてしまうのがこわかった。しかし夢の私とはちがい現実の私は子どものころから卑屈で怒りの発露に縁遠く、アルコールに依存しがちな家族に対してもほとんど沈黙でやりすごし、怒鳴り合う母や祖母を見過ごしてきた。夢のなかでだけ簡単に箍《たが》が外れる。現実の私はちかしいひとに「いいたいこと」がいえない。しかし母は、そんな「いいたいこと」のいえない私以外に心をひらける家族がないというのだから、私が「いいたいこと」をいったら母からの信頼も消え失せるかもしれなかった。私たちはなぜ距離をまちがえるのだろう。つまり母は私以外の肉親との折り合いもわるく、老いていく先になにか面倒をみるとしたら私しかあるまいと考えている。

「七十七歳って、米寿？」

と私はいった。お正月に、家族であつまっている。家族といっても今年七十七になる母、四十五になる兄、三十九になる私という、こぢんまりとした面子《メンツ》で、しかも集まる先もだれの子どものころの思い出もない、現在私がでていき高齢の母がひとりで住まう町屋のマンションで。家族が集まるのはお正月の年一回きりだが、私は月に一度郵便物を検めるためだけに町屋のマンションに戻る生活をつづけていた。

「いや、いや、喜寿、喜寿、おまえそんなこともしらないの？」

「喜寿か。へえ。どっかいきたいとことか、ある？」

母は祖母が亡くなってから自律神経の失調と鬱症状にくるしみ、物欲もなにもなくなってしまって神社仏閣へ旅行したいという以外の要求をあまり口にしなくなった。と書いていて、しかしときどき「CHAGE and ASKA のＣＤがほしい」といったり、「手塚治虫の『リボンの騎士』がよみたい」といったり、「スピッツのＣＤをかってほしい」といったりしているのだから、「物欲もなにもなくなってしまって」という先の私の文章はあきらかに書きすぎなのだが、小説はつねに書きすぎないと成立しないのだ。とくに、事実関係や客観的情報に誠実であろうとする私性のつよい小説のほうがむしろ書きすぎてしまう傾向があった。そもそも人間は現実の多くを言葉で対処しているわけではないし、身体や習慣だけでなんとなしの意思疎通はとおってしまい、言葉だけが通じている場面なんてそう多くはないのだから、許してほしい。私もひとの小説を読んでいて、「これは、書きすぎだな。しかしこう書かないことには小説は成立しないよね」と共感することは多い。とにかく、私は、許してほしかった。そもそも母がなぜそうしてＣＤや本を私におねだりするようになったのかというと、年金がすくないというのは前提として、小説家になりつねに小難しいことを考えていて（と母はおもっていて）、そのせいでつねに機嫌がわるい息子とコミュニケーションをとるにはなにかを買ってもらうというやり取りぐらいしかないからなのだ。不機嫌というより、怒りこそしないが私は母親に対しものすごく冷淡で、言葉にぬくもりのようなものがまったくない。

つまり、この場面で私は母が「なんにもないよ、行きたいとこなんて」と愚痴のようにいうのだと予想していたのだ。その話をしているときはまだアルコールがそれほど回っておらず、いつものごとく陰鬱な母だと私は感じていた。

「私は、回転寿司にいきたい」

しかし決然としたようすで、母はいった。どうやら、この話題になるだろうと事前にせりふを用意していたらしかった。であるならば、私がこざかしく書き綴った記述をたやすくうらぎるような現実にもなろう。というより、「わざわざ喜寿のお祝いで、高級寿司でもなく、回るほうの寿司に？」といういかにもフィクションくさい驚きの演出のために私は、老いた母に物欲がなくなってきたことをあらかじめ書いたのだ。

くさいなあ、と自分でもおもう。いつから私はこんなに「文学」くさくなったのだろうか。

「回転寿司？　カウンターのとかそういうのじゃなく？　そもそも魚介がそんなに好きじゃないのに？」

すっかり二流小説の登場人物のようになった私はそうたずねた。母はどこか得意気に、兄と私のまえでこういった。

「私は、そういうカウンターの寿司とかは若いときにたくさん連れてってもらって行ったけど、回転寿司というものに行ったことがなくて、ずっとあこがれてたんだ」

なるほど、母はテレビかなにかをみてその発想にたどり着いたのだな、と私はおもった。まるで小説家がこれから書く小説の一文目や、テーマやコンセプト等々を生活のあいまにひらめくかのように、母は「回転寿司に行ったことがない、行きたい」というアイディアをひらめいたのだ。それで私はずいぶん早すぎるテンポでその案に共感し、「いいよ、では夏に回転寿司にいきましょう」といった。むろん兄も同意した。

祖母が亡くなって七年、父が亡くなって半年がたっていた。

長編小説を書いていると読書をするのがくるしくなり、私は資料のほかには漫画と詩しか読めない日々をおくっていた。

水を破ることからはじめたい
それは水が「オレ」と言い出したときの「オ」
ボクといいだしたときの「ボ」を破り
声のつけねをつかんだオボーを一人称とし
あたらしい青の名前をきめるような生まれ直しだ
プールの授業ではともだちにおぼれさせられた
つかむ空のないオボーはさけぶ
「ひとをころすほど生まれたかったのか!」
すると水面はジーンとふるえて感動をつたえ
パチパチ、パチィとはじけるべつの惑星における現象の召喚
ワッショイ皮膚が海老になってまるい
ホバリング水を吐く
「オボー」
するとみんなかなしいかなシーンに身体がふくらんだ
えっみんなおんなじきもちかい?
それなら死ぬまえに生まれたかいがありました

授業のなかで溶けている
あさって仲よくなる予定のこがオボーをみてクソッ！
なにかそこにいることそのものが、気にくわねえって感じ！
だけどなんか（よちょう）があるんだよねえ

あしたはオボーのころされる日だから
公園のまんなかでなにかふつうのおいしいものを食べたいんだけど
（「オボー吐く、ホバリング水」『十一歳のストラテジー』より）

十一歳でデビューした詩人の沼一真の第二詩集を読んでいて、そのいまでも新鮮な風景のかきかたと叙情に胸があつくなり、自分も小説を書く、そうした根本的なエネルギーとしかいえない熱を捏造《ねつぞう》するみたいにもらっている。この言葉に影響をうけ、いまの私の文章はある。沼一はもう二十八年間、十一歳の詩人として詩を発表していた。なのでいまはもう十一歳でないことは明白なのだが、詩の編集者に聞いたところによると、当時の投稿欄ではほんとうに十一歳のような筆跡で、原稿用紙に手書きの行分け詩がおくられてきていたというのだから、すくなくとも投稿時十一歳であったことは業界のなかで信じられているという。それで詩手帖賞、中也賞などでは候補どまりであったといえ、デビューから二十八年のあいだで九冊の詩集を刊行している。私はたまたま入った古書店で町屋の家に置いていった沼一の第二詩集をみつけて、懐かしくつい購入してしまった。

沼一の詩は変化にとぼしい。しかし第二詩集である『十一歳のストラテジー』にだけはある一貫したコンセプトがあるようだった。それは第一詩集への反省が批評となる、第二詩集ならではのつよい緊張感ともいえる。おそらく一般読者はほとんどなく、詩人のあいだで配られ読まれているだけなのだろうが、それでも出版すればそれなりに好意的な評がついた。沼一は第一詩集から言葉の緊張感を高く保ったまま、詩人でありつづけている、それは十一歳でありつづけることと同程度には、奇特なことだ。

それで沼一の詩をひとつ読んだあとで田房永子の漫画をひらいた私は、両者の著作に共通するつよい読書的感動状態とでもいうべきものに陥った。田房作品ではいわゆる「毒」親であった母への愛憎に「私」の感情や行動がいかに囚われてしまうかということが当事者的目線でめざましく描かれており、そこに私は自分との共通点を見いだし「なんとなくかなしい救われ」といった情緒につつまれる巨大安心と感動をどうじに味わうことが多かった。これは沼一の詩を読んでいるときにもある感情で、やはり情動としてはなんとなくかなしいのだが救われ、どんな現実よりもあんしんしていられる。そしてふと、私も沼一のように十一歳のままなのかもしれない、とそうおもった。

独居する立川のワンルームマンションで、多摩川から聞こえる水の音が窓からしのびこみ、風が網戸を揺らしていた。今年は夏が二回あったかのようで、六月にいきなり盛夏のかんじになったあと、通常の夏はやや控え目にやってきた。たしかに暑いが、例年のようにこれはあきらかに体温を越えてしまっていると分かるような危険日はすくなかった。初秋の風に醒まされたような身体で私は、「毒親の子　特徴」と検索した。

私は幼少期、アルコール依存と認知症の影響からか家族に怒鳴りまくる母方の祖母との諍《いさか》いを日常的におそれ、アタッチメントと呼ばれる愛着形成にふさわしい安心を家庭に感じえなかったから家族や愛情といったごく当たり前（とされている）の道徳や倫理がわからず、またひとや社会に対する緊張を持て余しているところもあってずっとひとりで生きていきたい、だれとも生活をともにしたくない、どうしても人を信頼することができない、となんとなくおもっている気がするがそれすら自信はない。私は私のするすべての判断に自信がないから、私と私間においてすら私は信頼しあうことができなかった。医学的な定義としては賛否ある「愛着障害」の症例を、個人的に探し求めてはあんしんすることが多かった。

検索窓に打ち込んだワードから上位の記事を読んでいると、「毒親育ちな人の特徴あるある。クズ親に育てられた人が幸せを掴む方法とは？」という記事があり、私はいつものごとく自分の性格として当て嵌まるような条件を探し、束《つか》の間の安心をえようとクリックした。
その記事内でかかれている特徴は以下。

1. 「どうせ自分なんか」と思ってしまう
2. 依存しやすい
3. 相手の顔色を常に伺ってしまう
4. 自分から動けず指示を待ってしまう
5. 過度に尽くす恋愛をしてしまう
6. やりたいことをやると罪悪感を感じる
7. 期待に応えるようにするから無理しがち

私はおどろいた。えっ、これって「私」もそうだが、それ以上にまんま「私の母親」のことじゃん。母はどこか自分という意思に欠け、自らのことでさえ自分で判断しようという意欲にとぼしい。たしかに以前から、母の主体性のなさ、子ども（つまり私）への恋愛感情的依存心などが気にかかってはいた。

第二次大戦末期に妊娠し、防空壕のなかで臨月を凌《しの》いだという祖母の配偶者が家に金をいっさい入れなかったせいできわめて貧しい幼少期をすごしたらしい母だったが、しかしそのころの祖母は「やさしくて自慢の母親だった」という。さいしょにそれを聞いたときはおどろいた。デパートの販売員として働いていた母が帰宅後に祖母とさんざん怒鳴りあった挙句、布団にくるまった祖母のことを再三再四蹴り、泣きながら「昔はあんた、ほんとやさしかったじゃない！　やさしい母親だったじゃない！　いまはなんでこんな、意地悪ばばあになっちゃったの！」と叫んでいたから私は初めてそのことをしった。

「うそ！」

と私はおもった。十八歳ぐらいのころだったかとおもう。過去にまつわるひとの記憶は変わりやすく、ふつうに過ごしているだけでつい懐古的になってしまうものだから母は、つい自分の都合のよいように祖母の若かりし日のことを美化しているだけでは？　母が成人するころには祖母は母の恋愛関係に介入し、当時付き合っていた私の父母がデートにいった日には「あんたたちばっかり！　いい目にあって！」といって怒鳴ったというから、そのころの祖母は母、つまり娘に深く依存していた。そんな祖母が母の幼少期には「自慢の母親」だった？

十八歳まで同居していた兄にはそもそも、祖母が毎晩のように怒鳴っていた記憶すらないらしく、かれが高校生だったある日、度重なる暴言に腹を据えかねといったようすで米の入ったままの炊飯器を祖母めがけ投げつけたことも「おぼえてない」らしかった。どこか家族の記憶を牧歌的で平和なものだったとすり替えているふしがある。

とすると、私がおかしいのか？　私は長編の執筆に悩みめざめたある早朝、ふとおもったのだった。

「『私』の認識のほうがよほど、歪み捻じ曲がりしてしまっているのかも」

布団をめくると、睡眠薬のもたらすきゅうな眠気により昨夜ハイチュウミニを食べながら意識を失ったらしく、シャツの背中とシーツがべったり糊づけされているかのようにくっついてしまっていた。ベリベリと剝がすように背を起こすと、「だらしない。眠くなるまで寝なきゃいいのに。眠れないなら寝なきゃいいだけのことだろ」という声がした。

「ごめんなさい」

亡くなった父親だった。先日まではだれとも話せない孤独のなか小説を書きつづけるということのワケ分からなさに狂い、ひとりでに拵えていたイマジナリーと私は喋っていた。ようやっとそれが消えたとおもったら今度は亡くなった父とは節操がない。しかし分かっている。いくつかの「私」について書いた小説群を読み返していてつくづくおもったのだが、私はある時期から気がおかしいのだ。そもそも、

「COVID‐19が流行して、毎日小説を書いてだれともしゃべらず寝て起きて小説を書く。書く材料なんてないよ。だれともしゃべってない、どころか社会とほぼ接触していないんだから。孤独すぎる」

そのように架空の存在に言葉や肉体を与えてしまいがちなのだった。

「あなたのお母さんはね、そりゃ美人だったよ。スナックかなんかで働いていてね。

ところがあのお婆ちゃん。あなたのお婆ちゃんが、デートについてくる、旅行についてくる、同居したら当たり前のようにそこにいる。それで籍を入れることもためらっていて、まあオレにはべつに妻もいたりしてね、そもそもオレも、あなたの母親も、両方に付き合い始めたころには妻子がいたのよ。ダブル不倫っていうの？　それでも付き合って、そうしたらあの強烈なお婆ちゃん。まったく参りましたよ」

しってます。ていうかそんな状況で子どもなんてつくるなよなとおもうのだが、もう死んでいる父親にさえそんなことをいう気力はなく、まして生きているときにはとてもいいたいことなんていえなかった。なにもないのだったから。わからない、ほんとうには私は生まれたくなかったのかもしれないが、生まれたくなかった私には生まれたくなかったというべき相手すらいない、生まれたくなかったのだから。

「にしても、今日は何日？　安倍ちゃんの国葬はもう終わったの？　まったく、よくやるよな相変わらず。なんか、ないのかねそういう、根本的に、だれかを助けたいとかいうきもちとか、自己中心的に、ヒロイックにならずに真剣に、だれかの役にたちたいとおもったこととか。とにかく私私でほんと」

ん？　生きているときにはネット右翼めいたことしかいわない父親だったはずだが、現与党に批判的ということ？　それともありふれた保守観をひけらかすためだけのフェイク導入？　そうした疑問が寝起きの私の顔にはりついていたのか、「死んだあとでも保守でいるなんて、そりゃ無理なことだろ。共同体なんて概念ごとないんだから。

こうしてあなたと話してひさびさにおもいだしましたよそういうのを。安倍ちゃんだっていまはこの世の言葉でいうところの『リベラル』って感じだよ」と父はいった。

「へー」

私は感心した。

「ああいうひとは、つまり安倍ちゃんみたいなひとはいくら理想を語っても現世的、自己愛的、ようするに自分が楽に生きているためだけの理想なんだから、当たり前だよ。ところがね死んだら個だけが居心地のいい共同体なの。あなただってそうよ。さいきん書いている、どことなく『役に立ちそう』な小説。読者に『役に立った!』っていう欲望をかきたてる。読者それぞれの生の苦しみを選別しているね? よくないよ」

まさか父親に小説のことで説教食らうとはね。それで父親の幽霊を放置しながらパソコンをひらくと、昨夜しらべていたままの「毒親育ちな人の特徴あるある」の記事がふたたび目にはいった。

そうだった。意識がブツブツと千切れておもいだせなかったが、昨夜私はある衝撃をおぼえて寝た。そして、あたらしいタブで「毒孫」「毒祖母」という新ワードを検索した。私はそれまで母こそ「毒」親の気質があるなとおもっていたのだが、しかし母の母、つまり祖母のほうこそがまったき「毒」親そのものであったのだ。母は「自分は母のようにはなりたくない」と何度もいっていた。しかし祖母によって自立心を奪われていた母は、ある視野を欠いたような心で恋愛し、結婚し、私たちを生み育て、否応なく祖母に似ていった。厳密には母は「毒」親ではない、「毒」親に育てられた親なのだ。しかし母いわく若かりしころの祖母はとても優しい親だったという。わからない。更年期にそのように変わる母親は多いと聞く、それにしても。では私たちはみんな十一歳ということでよろしいか？

「なんで気づかなかったのよ？　当たり前のことじゃない。お婆ちゃんがあなたのお母さんにとっての毒親だってことは、わかってたはずだろ？」

「それは……、私が」

私が私のことしか考えられなかったから。親子関係に悩む実録漫画などを読んでいても、「私」が当て嵌まるごとにあんしんしてしまって、満足して被害者のようなやさしい海に浸《つ》かっていた。しかし、母親のほうが明確に被害者ではないか。つまり私は私がちゃんと分かっていたことを、私じしんが被害者でもあるという視野狭窄により「分かっている分かっていない」状況に陥っていた？　分かっているのだが、どうじに分かっていない、その分かってる／分かってない間の「／」を田房永子の漫画と沼一真の詩を同時に読んだ昨晩に、取り払われたというわけだった。分かっているという状況そのものは同じなのだが……現に私は以前からそれとなく母親に「あなたがずっと母親からされていたことは、ほんとにひどいことだよ」とやんわりつたえていた。あまり反応がない。ボヤ〜っという独特の顔をしていた。わかる。こうしたことは本やフィクション作品で気づかされるにしても、自発的にそうならなければずっと顔がボヤ〜っとしたままなのだ。

それなのに私の言葉が母親の身体と生活に溶けていった結果、しばらくあとに会ったときにはまるで自分が考えたことのように「私はお婆ちゃんにひどいことをされていた」と私がいったほぼ同じ内容を私にいった。私は「そうだよね」と満足げにニヤついたがこれは洗脳めいていないか？　自分の言葉が相手の身体を乗っ取り、意味内容を「理解」させてしまうのならまだしも、まるで自分がずっとそう考えていたかのように振る舞わせる。私と私の母親はともに自分の意思にとぼしい。そのように育ったからだ。私は母親といっしょにいると、まるで母親を支配しているような気分になる。そして母親もまた多くの部分で私に支配されたがっていると感じる。私はそうしたヌルヌルした共依存のような関係に怯《おび》え、老いたる母親を置いて家をでた。そこは私（名義）の家だったのに。

そして私は「私」についての小説をいくつか書き、それを批評することでなんとか気を保ちたくおもった。批評とは生きることそのものだ。もし可能ならすこしでも「私」を好きになりたい。自己愛ではないかたちで、好きになりたい。批評の根源とは作品であれなにであれ対象を「好き」とおもう情動こそがその第一歩なのだから。

私は二ヶ月まえから打診されていた詩人で精神科専門医、そして先頃初小説を発表したOさんとのトークイベントの仕事で代官山蔦屋書店にいた。あれからずっと父親の幽霊めいた存在があり、しかしふしぎと羞恥心は感じないため私のだらしない食生活やちょっとした工夫の凝らされたマスターベーションなどがみられていたとしてもとくに気にならなかった。そこにいるのにそこにいないような自意識と羞恥心の操作は死者のなせるわざだなあと感心する。

しかし明確な生者が目の前にいるときには、死者はあらわれない。これは世界の鉄則である。人と話していると生存に集中できる私の言葉は走りだす傾向があり、この日のトークでも私はペラペラとよく喋った。私は人見知りなのにおしゃべりという厄介な性質をもっており、自分の得意分野やあまえられる相手には必要以上によく喋る。それなのにつねにどこか身体がかたく緊張しているから、それが人にも伝わっていて相手をも緊張させてしまう。いつも私だけが好調！といった感じで余計なことを喋りつづけてしまうため、相手はその脈絡のなさと抽象性にいたく戸惑うことになるのだ。この日のトーク相手であるOさんとはこれまでにも何度か会っており、詩人として、作家としての尊敬があったので比較的マシなほうだったが、動画を確認するにそれでも私は「かかって」い、関係ないことをさも重要そうにかるく喋る。

ある意味、意識がないのである。目の前に生者がいると私は意識がない。フェイントする、しかしこれは多かれ少なかれだれしもがそうで、自分の発言を何度も反省してしまい赤面、あるいは自己嫌悪に陥るという状況は、自己の軽率さというよりひとりでいる「私」とだれかといる「私」間に横たわる言語の意識差ともいえよう。ひとりでいるときの「私」の言葉は、だれかといるときには「私とあなた」の言葉になり、その満ち干きする共犯関係において喋りすぎてしまう人格と喋らせすぎてしまう人格が混在する。このようなこともOさんの新刊に関係して考えられた思考であるから、私の言葉はひとりでいるにしてもどこか満ち干きする。それにしても私は緊張しているが、緊張することが平常なのだったらそれはもはや緊張といえない。打ち上げの席でもかくのごとく「かかった」私は、アルコールを一滴も飲んでいないのに饒舌で、「最近、沼一真の詩集を読み直してるんです」といった。

「へえ。沼一さんの詩、いいですよね」

「それでね、私じしんもずっと、自分は十一歳付近で成熟が止まっていると。そのような自己意識をもてあますように生きてしまっているので、なんとなく沼一の詩に共感してしまう私がいます」

「十一歳？　なぜ？」

「第二次性徴の途中ということです」

するとOさんは表情を変えなかったが、しかし表情を変えなかったがためになにか「いいたいこと」があったのだろうと後でわかるような、たとえば後日散歩しているときなどにふと。そんな様相で、こういった。

「沼一さん。世間的には永遠の十一歳。覆面詩人。という印象ですよね。しかしこれは詩人にではなく、先輩にあたる古い医学書の著者に伺った話なのですが、沼一さんはかつてよく名のしれた詩人で、おもに散文詩を切り拓いた方の別名義らしいのです。ご存じですか？」

そうしてあげられた名前はよくしられた、すくなくとも詩がすきな人間であればわかる、二十年以上まえに詩壇の主流として活躍していた詩人だったので、私はひどくおどろいた。

「えー！　そうだったんですか。たしかに、もう何十年も新作を出していないと、いまだに鼎談《ていだん》や論考などでもときどき言及されますよね」

「そうらしいです。それで、あるときから沼一を名乗りそれまでの本名名義での詩をお書きにならなくなったのは、十一歳のお子さんを亡くしてしまったとのことです」

「はー。ご病気かなにかで？」

「いや、事故だったらしいのですが、パートナーのかたがいわゆる「毒」親気質で、お子さんとうまく接することができていなかった、そしてご自分も、大学の仕事と詩作にかかりきりになってしまい、そこにうまく介入できなかったと。まあ家事や子育てなんてやらせとけという世代だったんでしょう。それで、お子さんは交通事故で」

つまり、亡くした子どもの声を拾うようなかたちで、沼一真という筆名で詩を発表するようになった？　そんな具体的なおもいはこわくて口にだせなかったのに私は「お子さんは、娘さん？　息子さん？」と聞くことはできたのだった。

「そこまでは、わかりません」

私は、もしかするとOさん自身が、なんらかのかたちで沼一との親交があるのではないかと疑った。沼一の第二詩集は第一詩集の反響をうけ、より多声的な構造をとるようになったが、第一詩集ではどうやら男の子と男親に限られていたであろう語りの内声により幅が生まれ中盤には女性性的になってゆき、じょじょに行分け詩に散文要素が混ざってくる終盤には両性的になっていく。

拾われない蜜柑がひとつ、床に転がっている

母のいた居間はわかる
数分前にはたしかにここにいた、母の娘は買い物へでかけた
身が貨幣をしゃらつかせ、記憶を切って料るから
夜眠るころに娘はもう私じゃない
母もまた、その母の娘であったこと
娘はしろくうすく回りながら尾をひらひらと残映し
おもいそこねてしまったとたましいが風した
居間には温感差が溜まっている

娘は蜜柑がここにあるよとかぞえる輪郭になり、母の母に私はとたずねた
（「ツオイク」『十一歳のストラテジー』より）

その夜、私は濃厚きわまる夢をみてそれを記録していた。夢のなかで私は、正確には私だろうとおもわれる主体的な人物は、かつて住んでいたせんげん台にある分譲マンションの駐車場入口を湾を歪めるように変形させた場所にいて、つまり形はちがうのに私がそれを「かつて住んでいたマンション」といいきるのは起床原理主義的というか、起きているときの私の身体や意識、そして言葉の主体性を重んじる、あくまでも事後的な言葉と認識の判断による。ようするに夢の時点では場所や個人を特定する動機も材料もない、ブヨブヨした塊のまま忘れ去られるにふさわしい不定形のイメージを、こうしてわざわざ言葉にして記録しているから瞬間瞬間にそう規定される表層的な操作にすぎない。

おなじように、このあと車両交通事故に遭い身体がぐにゃりと曲がった、スーツ型の襟から白い肌を露出した首から先が意識のある者のかたちとしては曲がりすぎていた、その女性は母と似ても似つかない顔つきをしていたのだが私、ただしくは夢のなかの私と、夢を回想する事後の私はともにその女性のことを「母」と認識した。母を

轢《ひ》いたのは兄だった。私は次のシーンでカラオケボックスにいた。状況としては、母が病院に運び込まれ手術をしている、にもかかわらずカラオケボックスにいることに私は、うしろめたさを感じてはいるのだがそこを離れようとはしていない。なんらかのちがう因果律に支配されているのだ。べつの社会といっていいかもしれない。そうしてだれかもわからない他者の歌唱を聞いていると、スマートフォンに着信があり私はギョッとする。着信相手をしめすべき画面には「誓願」という二文字が表示されていた。急ぎカラオケの個室をあとにする私は表にでて、とくに特徴のない一車線とおぼしき道の、片側にブロック塀と電信柱のある位置で電話をうけている、その場は私がものした長編小説のラストシーンに似ていなくもない。電話の向こうには父親がいた。母が亡くなったことをしらされた私が電話口でなんらかの失言ともとれる発言をし、父親がすこし怒ったように窘《たしな》めた。そうして私は感情にまかせた嗚咽《おえつ》をはじめ、電信柱とブロック塀の狭間《はざま》に身を折り、スマートフォンにむかい拝み倒すかのごとき姿勢で、泣き崩れるのだ。

そのときの私は、夢のなかでさえ、まもなく現実へと醒めていく身体とわかっていた。たとえば夢のなかでこれは夢なのだとさとる明晰夢《めいせきむ》と呼ばれる現象があるが、私的な感覚ではそれは夢のなかの言語と現実の言語が混ざる、夢のなかの社会と現実の社会が国家同士の貿易や貨幣交換のような感触で一部混濁するようなもので、つまり夢から醒めたばかりのまだ夢をよくおぼえている身体を「起きている」とするにはすこし心許《こころもと》ない。まだ夢のなかに感情も言葉も社会すらも引っ張られてい、ゆくゆく醒めていく意識が強制的にそこから引き剥がされていくにすぎず、「私」でさえ朝と夜ではほとんど別人のようなのだから。

　その夢から醒めた瞬間に私は小説を忘れていて、小説を忘れているということは自己同一性の一部という以上に大部分が欠損している、身体だけのような私がそこにあるという感じになった。夢のなかで母をうしなったとき、私は醒めている私の現実には味わったことのないような後悔に襲われた。現実よりもだいぶ濃いかなしみに見舞われつつ私はしかし、これはすぐに引いていくたぐいの感情なのだとわかる。ずっとおぼえていたかった。母が死んだと聞いたとき、夢のなかで後悔する私に巨大な時間の実際としか呼べないものが押し寄せ、時間に潰されるように私は泣き崩れた。もっと色んなことができたはずだった。どこか親にしても子にしても都合がよすぎる「親孝行」という概念に当て嵌まったり当て嵌まらなかったりする、いろんな行為を母とともに。私は夢のなかのほうがずっと常識的で、社会通念的に一般的な親子関係に安寧できているといえた。母にたいして怒鳴るにしても、かなしみに暮れるにしても、現実の私にはとてもおとずれそうにない感情だとおもう。母が私に恋愛感情的依存を傾けているというのは事実とおもうが、私もまた、いまの私には到底わからない「私感情的」とでもいうべき、私には不可知の依存を傾けているのだろう。私に欠損する私が、欠損ゆえに癒着した母をおもうのだ。私についての小説をいくつか書いているうちに私は、小説を書いている私がつねに考えているのは私と母が癒着するその依存した共同体についてであり、その共同体の駆動と書くことが同体して私は、同業と比較してもわりに多い量の小説を書くことができている気がしていた。書くことはそうした私と母の依存に附随する自己批評に伴う、高いエネルギーの成れの果てかもしれなかった。愛情というよりもっと単純に、母が幼少期の私にたいし安全を、安心的環境を与えてくれなかったことを、私は三十五歳を超えてはじめて恨むようになった。あきらかに祖母も母も子どもに接する大人としての安定を欠いていた。しかし母もまた、自分の母にそれを与えられてこなかったのだ。であるならば「私たちの私」はほんとうに頼りなく、なにかひとりでする主体的な意思や決定などとうてい恥ずかしい、申し訳ないとおもってしまう、これが客観的に私を捉えられず否定的になってしまう私の根源にある恥だ。混乱にまかせて私は「そういうフィクション」なのだとおさなくして私の「私」をフィクション化してしまった。つまり、私じしんが私にむかい、「世の中にはもっとつらいひとはいるよ」といいつづけ、私の感情を否定しつづけた。しかし私の考える「つらいひと」とは実体をもたない創作物やニュースのなかで物語られる、とうてい私的実感をもちえない一般性ばかりのリアリティのない、うすいフィクションにすぎないものだったからまずしい。そうしたフィクションらと私はたいせつな私の「私」を同列にしてしまった。

このように「私」を明け渡してしまうひとが世のなかには大勢いる。だがそうしたフィクションに救われるひともまた大勢いて、私も結果的にはフィクションに救われたのだとおもっている。しかし充分にあんしんできる環境に移ってもなお私の「私」はどこか緊張してい、信頼できる他者に本音をいうことなど、小説に関わること以外ではありえなかった。たとえば仮に批評家にそれこそが現代人の特徴なのです！といわれたら私にはそうですかとしかいえない、そのように普遍化されたとて、それはそうとしての私の否定がいまもなおつづいている現在進行形の私なのだ。多くの大人と話をするうちに私は、幼少期から「私」の否定に縁遠い、簡単にいいすぎると両親にたいせつにされ安心のある環境にそだった人間とそうでない人間を判別できた。こうしたことも、迂遠《うえん》な方法でおそるおそる、おっかなびっくり私という社会的状況、私という身体と言葉の関係について書くようになってようやく、おもうことができた呆気ない私だ。小説家としてデビューし芥川賞というもっとも注目を浴びる賞をうけてさえ私には社会と私という観点からの批評性が欠けていた。あまりにも無防備に個人で生きてい、それが当然で他者の社会性もぜんぶ演技でそれこそそういうフィクションなのだとおもっていた。だから恋はできても愛や信頼はまったくできなかったのだ。恋というのは他者に虚像をみることであり、私は「私」も純に虚像なのではないかとうたがい、その嘘がバレることに怯え緊張しつづけている。愛とは他者のなかの「私」を信じることだ。

　母は自分の母、つまり私の祖母が亡くなってからずっと精神の調子をくずしている。

アルコールと娘に依存し、健忘のない世間には理解されにくい認知症状による暴言をくりかえした祖母に母もまた依存していた。だがその血縁の延長線上にある私は母にたいし「私」でどうおもってよいのかわからず、来るべき反抗期の前兆のような態度でモジモジと冷たくする、四十近くになってさえそうした距離のとりかたしかできずにいい、受け容れるにせよ拒むにせよきわめて醒めている。夢のなかで母が亡くなるという経験をしてさえ、実家に連絡をとって母の声を聞きひと安心するなどの行動すらとらなかった、私はただこうして母のことを小説に書く。それはもっとも母が嫌う行為であるのに。

夢の私が現実の私であったならよかったのに、と私はときどきおもう。たとえ理不尽な扱いを受けたとしても、素直に怒り、泣き、感情をぶつけあう、そのほうがよほど人間らしいとはいえまいか。しかし、現実の私がもっとも避けたいとおもっているのは人との感情のぶつけあいであり、他者に感情の起伏をさらけ出すことをもっともおそれ、できるだけ正直や信頼から遠ざかることで私はなんとか自我を保っている。夢の私と現実の私は透明な一枚壁に阻まれた交わらない理想である。つまり現実の私は夢のなかで、夢のなかの私は現実で、それぞれ疎外しあっているにすぎない。私は数年前のある日、まだ同居していたころの母に「おまえがなにを考えてるか、ぜんぜんわからないよ」と泣きながらいわれたことがある。

「たとえ怒鳴ってでも、お互い考えてることをちゃんと全部ぶつけあったほうがまだいいよ。家族なんだから」

母は私の夢のなかでも現実でもある程度自己同一性が保たれているようにおもえる。それが他者ということなのだろうか。私はかつてある批評家から自作について「これは自己愛に完結した他者のない世界にすぎない」といった批判をうけたことがある。であるならば、夢の私のほうがまだ現実の母と信頼し愛しあうことができるのかもしれない。しかしそれはあくまで私の夢にすぎない。母からしたら私は家族であり母の「私」の一部分どころか大部分であるから依存する。だからこそ私の夢は母にとってもっとも遠い他者である。もしも私が夢をみなければ、母はもっと私のことを理解しやすかった。私のみる夢は私にすら未知の社会、未知の因果律に支配された不可知であり、にもかかわらず確実に私の一部といえるものなのだから。これはアルコールや薬物におかされた非日常の認識や認知症状、言葉をおぼえるまえの子どもの世界にも通ずる、私の一部でありながらもっとも私にとおい他者の世界である。だからこそ多くの作家がそうした因果律ごとちがう言葉の隔たりを作品にしようと試みる。夢、薬物、認知症状、それらは作家にとって比較的与しやすい他者なのだ。

前提として、私の幼少期にたかい確率で誰かと誰かが怒鳴りあうことでとれていた家族のコミュニケーションがあった。しかし、そのコミュニケーションに私の「私」の一部が奪われていたのだからそのとき、私は久しぶりに母に対してほんとうにいいたいことがいえる、とおもいどこかふかい安堵につつまれて母の言葉に被せるように応えた。

「それは、暴力なんだよ。いいたいことをいっているからといって、怒鳴ったらそれは暴力で、おばあちゃんのあれは虐待みたいなものだった」

母は黙った。つたわったとおもった。しかし、現実の私は母になにもつたえたくないのだ。母が私に対しなにを考えているのかわからない、といったのは正しい。私は母に理解されたくない、信頼されたくないという一心で、言葉がどんどん真実へと迫る意思から引けている。夢のなかの私はあれほど母に理解されたいと踠《もが》いているのに。

貪るように私は、歪んだ親子関係に苛《さいな》まれる視点や実親介護の実態を描く漫画作品を読み耽った。私は現在小説という言語表現は漫画が描く現実のリアリティにまったく及ばないと考えている。ハッキリとした「題材」がある作品なら漫画を選んだほうが確実によい。それは実録、つまり「私」について描かれたエッセイ風の作品でも、恋愛ＳＦファンタジー要素もろもろをふくむフィクション作品でも同等にそうおもえた。確実にこういう現実で、こういうリアリティで生きている他者が世界のどこかいる、と感じる質感では小説は漫画に圧倒的に敗ける。たまたまこの時代の才能が漫画やアニメーションに集まっているともいえ、商業力をふくむ数の勝負にまったく敵わないという実情はありしも、小説というものはそもそも現実をありのままに描出することに向いていない表現形式である。いぜんの仕事であったガルシア＝マルケスの小説を読む鼎談の席で、作家のIさんが「彼の小説はマジックリアリズムと言われて、みんな〃マジック〃のほうに重きを置くんだけど、僕は違うと思う。やっぱりリアリズムなんですよ」という発言をされて私はじいんとした。Iさんのいった論旨とはずれていくが、いわゆる「マジックリアリズム」はマジックだからこそリアリズムなのであり、批評的、小説的操作を欠いた言葉のリアリズムは現実に到底かなわない。マジックリアリズムという概念は、「マジック」にしても「マジックリアリズム」にしても共通の定義などありえず、あたまに「いわゆる」をつけざるをえない性質によってリアリズムにも等しく「いわゆる」を冠させる、そのように言葉では表現しきれない現実をあえて言葉で表現するという背反に向きあいつづけることこそが小説の「リアリズム」なのだと。人は物語のように言葉で整理されうる現実に生きることはなく、社会や親の問題に支配され搾取された言語領域にくるしみつづけるのだから、体よく言葉で整理される小説のフィクション要素に救われるのは苦しみから抜けた事後の者だけ、変われるのはシステムだけ、だがそれで充分ではないか。個を救えないから社会を変える、小説にはそういう役割もあると。ほんとうに？　私の批評は数年来ここで止まっている。個と社会のどちらをいかすか。ほんらいそんな二項対立すらありえないというのに「私」は。

小説におけるリアリズムは現実への批判であり、自明のものとされる現実を揺さぶる表現であると指摘するオクタビオ・パスは主に詩論からなる著作『弓と竪琴』のなかで**小説と演劇は批判精神と詩的精神との妥協を許す形態である。それどころか、小説は是非ともその妥協を必要とする――小説の本質は、まさしく妥協にあるのだ**と書いた。当該の論考「詩と歴史」の文脈において、叙事詩なくしてはいかなる社会も不可能であるとし、そして小説こそが近代社会における叙事詩なのだと指摘したヤーコプ・ブルクハルトの論旨を推し進める、パスの書く小説という言語表現への批評を読んだ日に私は救われた。私が小説に対し考えていたこと、考えきれないと悩んでいたこと、その両者をつなげるそれはまさに私の批評といえた。

小説家は論証したり、物語ったりはしない――世界を再創造するのだ。なるほど、彼の仕事は出来事について語ることである――この意味では彼は歴史家に似ている――が、彼の関心は、起こったことを物語ることにはなく、ある瞬間、あるいは一連の瞬間を蘇生させること、すなわち、世界を再創造することにある。そのために、彼は言語の持つリズムの力に、そして、イメージの変性効果に頼る。彼の作品全体が、ひとつのイメージなのである。かくして、彼は一方で、想像し詩化しながら、他方では、場所、事実、そして人間を記述する。彼の作品は詩とも歴史とも、イメージとも地理とも、そして、神話とも心理学とも境を接している。リズムと意識の検討であり、また批判とイメージである小説は、曖昧である。その本質的な非純粋性は、それが散文と詩、そして概念と神話との間を、絶えず揺れ動いていることに由来する。

小説は長い。ともにトークイベントをしたOさんが以前、まだ詩人としての印象つよく、これから小説を書こうとしているといったときに、「しかし、書いているうちに自分の文章に耐えられなくなる」と発言したことがあった。つまりつよい詩行を書くような人間にとって、小説の文章はすくなくとも弛《ゆる》んでいて、どこか耐えがたい側面があるのだと私にもわかった。それは端的に小説が詩とちがい到底記憶されえない長さで書かれるという現実がある。くわえて、パスのいうように小説とはなにか「書かれる対象」が、つまり物語やコンセプトやメッセージがあり、身の内にある段階の言葉は詩的精神として対象とぶつかる、その衝突体験が批判精神としてイメージを解し、はじめて小説の言葉としてあらわれる。その変遷をしてパスは小説を曖昧で妥協的なものとした。小説は物語そのものでも言葉そのものでもありえない。

パスが詩と歴史、イメージと地理、神話と心理学、リズムと意識、批判とイメージ、散文と詩、概念と神話の狭間を絶えず揺れ動くものとして定義した小説の、その中間につねにあるもの。それこそが各人それぞれが持ち寄る「私」の「文体」かもしれない。それぞれに違う生を、それぞれに違う身体感覚を生きる人間の普遍に繋がれる「私」を「文体」意識をもって描く際には、言葉と私との妥協を是非とも要する。ほんらい近代小説以来の「私」に閉じ込められるよりもっとおおらかな「私」がある、それは読者のだれしもがわかっていることだ。しかし、言葉に妥協された「私」であることでようやく読者の「私」と語り手の「私」は共鳴する。これが先見的な私感覚、いろんな人間のなかにいる「私」の根っこに共通してある「私の私」ということになる。だからひとはしらない作家の「私小説」を読んだときに、その作家のことをまったく存じていなくともこれはこの作家にとっての「私小説」なのかもしれないとおもうことができる。「私」への妥協こそが小説であり、社会なのだ。「文体」は作家ごとの文章スタイルという以上に私とあなた、つまり作家と読者が共有しうる身体となって世界をともに見る。言葉を読み書きする交通によって、複数の身体を束ねうるその運動こそが「文体」だ。だから小説の文章は書き手と読み手それぞれに異質な集中を要請する。それは読者と著者の身体のあいだを絶えず揺れ動く、ふたつの違う身体感覚をもつ人間がおなじ風景をともにみるための読書という共同作業にて構築され、読後には消え去るしなやかな身体になる。

二十世紀中南米の作家たちに共通する特徴として、小説という言語表現の特質にまつわる批評の鋭さがひとつあると私はおもうのだが、それは近現代に成熟するにつれしぜんに忘れ去られた私たちの小説観なのかもしれない。いまの私たちは言葉と現実の関係を信じすぎていて、その楽観こそが「現代文学」の特徴とさえ考えている、私は「私」のことで理不尽な目にあっても夢のなかのようには怒れないし、かなしめない、それなのにすばらしいとおもった小説が批評家に貶《けな》されていると激怒し、気に入らない小説が批評家に褒められているとおなじく激怒する。「私の小説」より他者の書いた小説にその傾向ははげしい。私の自意識は「私」より小説へこそ執着し、依存してしまっているのだとおもう。ゆえに私の「私」は現実より作品にこそ傷つけられるようになった。

「この作品じゃだれも救われないよ!!!」

私のなかの私が泣き、叫び、怒り狂う、おそらく私だけではなく、作家の「私」とはかように傾いた存在なのだ。

私は母が認知症状を発し、私のこともわからなくなってはじめて、母を愛せるのかもしれないとおもった。しかし、そんなのはつめたいという以上に人間としてどうなのか。夜毎家族に怒鳴り散らしていた祖母のことをおもいだすに、とてもそんな悠長な現実は訪れまいとわかっている、それでも夢想してしまうのだ。私は私をわからなくなった母をめいっぱい愛したいと。

「親不孝だなあ」

父はいった。

「母があなたを忘れてしまっても、あなたは母のことを覚えているんでしょう？　それを期待するだなんて、すごく傲慢というかおそろしいことだね」

「やはり死者にとってもそうですか？」

「そりゃそうだよ。死んだら生きているひとのことを生きているようにはおぼえていない。けれど、生きているひとは死者を生きているようにおぼえてるでしょ？　これが案外きつい。うれしいかもしれないとおもう。だけど、感情も生きているようではないからねえ」

「なにを望みますか？」

「言葉じゃないよ。すくなくとも小説には書かれたくはないよね」

「そりゃそうだ」

私はわらった。


改行に死を、散文に生存をいかされるオボワはしまったな、カセットテープを忘れてきた。空のウォークマンがまわる音、めずらしい型だった。イヤフォンを耳につっこみ、身体で音楽をいかされた。景色が螺旋ってミクスチャー、まだ生まれていないみたいに死んでるのな、オレ、って因果をわかったよ

ぜんぜん便利じゃないからだの連絡で、遊べるのに遊べないという、僕のプライドをあけはなす一瞬。「そっか」といって安堵していた、友だちに「ごめん」なと言うかねと言うか、「また」なと言うかねと言うか、迷いあぐねて「なねー」とオボワ。ランドセルにかぶさった、その胸のふくらみが十一年。横をみて！ずっとまっすぐまえをみろと、指導するなら残酷すぎた。ここにいるなら横をみて！　という、「なねー」のいらないお願いで。そこにある、

うみ
とじて　そら
茹でたことのない豆の味
身体よりずっと擦り切れたたましい

だいにじせいちょうのきざし、軋んで圧しまんなかがパキッていってる、このませいちょういたしましても、あなたの身体にはその場はありません。えっとすごい偉い大人のこえ！　ききほれるなー。あなたには反抗すらありません、だいにじせいちょうは、いちばんくるしいやりかたでしにます！　パチパチパチ。だったら、居なくなってもいいのかな？

「ダメです！」

「うわぁー」

きゅうに会話。きゅうに説話。自明のものとしてフィクション。身体はずっと死にたがって、たましいだけが生きたかった。物語はかならずその逆をあたえる。現実はスンナリとおった。夢情と詩情がリンクして生きる非言語領域で私の文体が、オボワをしつように誘惑。私このままじゃだれかに求められている瞬間しか私じゃない？　じゃあせめて身体だけはもっとデコボコにお願い！　腹筋を割って、胸をふっくら育てたい。そこに水をやればかならず咲く花が、今生だけはど

うにかいかしてくれるでしょう
（「オボワのだいにじせいちょう、未然の爆発!!!」『十一歳のストラテジー』より）

夢と詩のなかでだけ、親子は会える。あるいは認知症状も待たれる？　なんとなくかなしい救われ。

立川から町屋へむかう電車のなかで詩集の再読を終え、母と兄に再会しタクシーを呼びつけて喜寿の祝いにむかう回転寿司屋への道中で、ようやく感染者数の下降が認められるようになった新型コロナウイルスの話題になり母は「怖い、怖い」と何度もいった。感染症が流行するまえには、母は大地震が「怖い、怖い」とつねづねいっていた。

「そういうふうに毎回こわいといわれても……、おれはそういうこわいという感情を共有できない」

私はいった。私は私に執着がないせいか恵まれた環境にのうのうとひとりで生きているせいか、生にたいして楽観的な部分がある。そのときに母が、グッと言葉を喉でこらえ、食道や気道めいた管に言葉を戻すようにゴブッと、なにかちいさな音を出すような動きをした。私は母が「こいつに私は理解されない」と悟ったのだと分かった。おなじようなやり取りはそれまで何度となくしていたというのに、とうとつにこの日私たちの一部は分かりあった。私たちは分かりあえないという証拠のひとつを共有したとでもいうような、むなしい行き違いにおいて。

安い寿司をあらかた食べ、酩酊した母はトイレにたった兄をみとめて私のほうをむき、「あんたには感謝してるよ。いろいろ面倒みてくれてるお陰でなんとか暮らしていけてるし」とはっきりした言葉でいった。

私はそれは嘘だとおもった。母は老いて耳がとおくなり、私の発話を毎回聞き返し以前より言葉に詰まるようになっていたからハッキリしたことをいうときは前から準備された台詞なのだとわかる。喜寿の祝いについてたずねたときに「回転寿司にいきたい」と明言したときとおなじように、準備された真心は嘘で、私の機嫌をとるためにいっている。母は本心としては私のことが怖いのだ。

私も母のことが怖い。私が怖いのか、母が怖いのか、もはやこの感情の主体もわからない。母が大地震や感染症のことを「怖い、不安だ」というとき、私は母が怖がっていることこそを「怖い、不安だ」とおもっている。そんなのつめたすぎる。なぜこんなにひとの気持ちに寄り添うことが私はできないのだろう。

「ああ……そういえば、腰が痛いっていってなかった？」

「そうそう、そうなんだよ。それで、整形外科にいったの！　そうしたら、筋肉痛なんだって。長時間座ってるから、腰が筋肉痛なんだって。そんなことある？」

母はその話を何度もした。これも母の意識をくすぐる、準備されたオモシロエピソードなのだろうと私はおもう。

「ずっと座ってるのはつらいよね。こんど椅子を見にいこうか？　私の身体が使うものとはちがうから、ちゃんと試してみないと……大塚家具とかのほうが、いいのかもしれないなあ……」

こういうところが、私は父に似ている。目の前の相手の気持ちに寄り添うことができないから、金やモノで解決できることについ安心し飛びついてしまうのだ。

「うーん、椅子ね。そうね、椅子……。そういうのなのかもしれないね」

母は煮えきらない。しかし嫌なことだけはハッキリ拒絶する母が嫌といわない、それだけでもう受け容れられ、期待されているのだと私はおもうことにする。寿司屋の会計は兄がもった。店をでたタイミングでそれまで話しつづけてきた言葉を区切るように母は「だから私はしあわせだよ」といった。私は母の言葉を嘘だとおもう。母も小説家だったら私はよかった。

私の大江

私と大江とではあまりにも違う。**私**の認識としても、作家としても。このことが私をやや悲観的な気分にし、同時に、妙に楽観的な気分にもした。

あれは二〇一九年初冬のことだったかと思う。伊勢に旅行に行った。かねてから母が所望していた伊勢神宮への参拝を目的としたその旅で、私は東海道新幹線に運ばれながら発売を控えた書物のゲラをやった。芥川賞を受賞してからの刊行がいまだ連続する時期にあって、とにかく時間がなかった。母は気ままに私に話しかけ、私のゲラへの集中力を都度削いだ。悪気というより母にはなんの「気」もないように感じる。毒親とクズ男を持てはやし、あまやかす社会に意思をチューチュー吸いとられるような人生だった、そのクズ男には息子である私も含まれる。そうして辿り着いた旅館の入口で巫女風の衣装をまとったスタッフが、すべての荷物を預かったあとにこう言った。

「それでは、歓迎のドラを鳴らさせていただきます」

Dwooooooooon!!!!!!!!!!!!!!!!!!!!!!!!!!!
qw…a…a…a……n

元来うつ的傾向が強くなにごとにつけ事前準備を怠りがちな私は、この旅館を直前まで空いていたからというだけの理由でとった。だから、「値段と比べて、どこかしらに見かけ倒しの要素は含まれるだろう」という予測は立っていた。

が、まさかドラとは。私は微笑んだ。無精《ぶしょう》な性格もときには奏功する。母すらもやや戸惑わせ表情を曇らせる「歓迎のドラ」は私の琴線に大いに触れた。

なにが良く、なにが良くないかという価値基準は総じて一時的、一面的なもので、まったくそれに捉われるようでは人生など台無しだ。私は夕食後もゲラをやった。食事は値段相応かややそれ以下と感じられたが、いくぶん大仰《おおぎょう》な設備はどこも清潔で、母も私もじゅうぶんに満たされていた。

母は食事の前に大浴場に併設された露天に浸かりにいき、何度もその満足感を語った。私は夜半にゲラ作業を終えるとおもむろに服を脱ぎ部屋に常設されていた露天風呂につかった。大浴場のほかに各部屋のバルコニーにも風呂が設《しつら》えられている、贅沢な施設であることはたしかだ。芥川賞の前後でとにかく慌ただしかった、その慰労を兼ねて人生で経験したことのない高額宿をとった。料理や景色などはしごく普通で、そのすべてを誤魔化すようなドラを鳴らすその旅館を私は気に入ったし、母はもっと気に入ったらしく上機嫌に酔って仰臥《ぎょうが》するベッドの先で露天につかっている全裸の私を見ているのかいないのか。私は風呂で大江健三郎の文庫本を読んでいた。

　虫のこえが街中より濃い生命力で届き、辺りを山に囲まれる谷に位置するような旅館の二階で聞く葉擦《はず》れの音も風流といえば風流だったが、どことなく疲れている。私の身体、だからこそ、未来に訪れる天啓の萌芽、それがまばゆくも地味に芽生える瞬間が訪れるのだった。

　私は大江のどの作品を読んでいて、どの作品を読んでいないのか、もはや把握できなくなっている。かれの小説に流れる大河に降る雨の混ざりあうような、大木に鳥が囀《さえず》るその森が果してどの森か、もう個別に把握できていない。再読のバランスもすでに崩れてしまっていて、つまりこの作品はまだ三度目だからつぎにアレを再読しよう、コレはまだ一度読んだだけだが読了からそれほど期間を置いていないからもう少し寝かせよう、などの判断の一切ができない存在、それが私の大江である。それでもまだいくつか未読の小説が存在することは確かなのだが、果してどのタイトルだったか……読み始めて数日たってから「あっこれは既読の大江だった……!」と気づくことも一度や二度ではなかった。しかし今回は旅行だからと、疲労にボヤボヤする記憶に鞭を打ち、確実に「これは絶対に未読の大江のはず」と持参したその文庫本『雨の木《レインツリー》を聴く女たち』を読んだ一年後に天啓をえて、私は『ほんのこども』という長編小説を完成させた。連作短編の形式を長編へと発展させる過程ごとを含み成立する小説で、この時点ではまだ未発表ながら私はすでにその一章にあたる同名の短編小説「ほんのこども」を書き終えていたのだったから、長編小説『ほんのこども』は『雨の木《レインツリー》を聴く女たち』から受けた影響を短編から連作へ、そして連作から長編へとつくりかえられるいくつもの操作に耐えるために重要だった、いわば「私の大江」とでもいえるような小説になったが、業界からとくにそのことへの指摘はなかった。私と大江ではその人生も読者も作品も、あまりにもかけ離れた存在である。

風光明媚な伊勢の景色の大半を、母はスマホ越しに眺めていた。写真を撮ることに熱中する当時七十五歳の母に私は「私のことは小説に書かないで」と懇願されていたにもかかわらずこの旅行の一年後からせっせと私という周辺運動について私小説の歴史的蓄積を借りて書きつづけ、母と父のことについてはもはや充分に「私」だろうという判断のもと勝手に書いた。そのころには「別居実家」とでもいうような、互いに独り身であるにもかかわらず私名義で購入したマンションに母を住まわせ、そこを実家のように拵えた挙げ句私のほうが出て行くといった捻れた関係性が始まっていた。

その一連の擬私小説をいったん書き終えようとしているいま、「私の批評」に書いたような、夢の中でだけ母にむかい激昂し声を限りに怒鳴り狂う、そのような恰《あたか》も私の深層意識めいた夢を、あれから**一度たりとも**見ることはなくなっていた。小説に書くことで私の何が変わって何が生まれ、何が失せたというのだろう。

大江よ、小説とはいったいなんなのでしょうか?

大江健三郎がその発端となったとされる、主に中国と日本の作家や研究者たちの交流の場として催す中日（日中）青年作家会議の会場となった紹興市へと向かう杭州《こうしゅう》蕭山《しょうざん》国際空港に降り立ち荷物の到着を待っていた私は、他に参加する日本の作家たちと交わす日常会話もそぞろな意識で聞き流し**愛**について考えていた。機内でずっと、愛またはＬＯＶＥという言葉をコメントの最中、あるいは冒頭末尾に付け加えることで人気を博すコメンテーターの著作を読んでいたせいであった。おそらくは本人のインタビューをライターが執筆構成したものであろうと容易に推測できるその本の、名義上の著者である港晴公明はもともとジャック・ラカンを専門にする研究者として学会で注目を浴びた人物だったのだが、あるときからラカンの思想を故意に捻じ曲げ、誤解を生む言説を垂れ流しているという批判が殺到し、しばしの沈黙期間を経たあとでとつぜん夜帯のワイドショーにてコメンテーターとして起用され知名度を上げた。私は翌月にラカンにまつわる別の新刊本の書評を書く、その副読本として一応購入した本だったがパラパラ眺めただけで結果読まないつもりだったし無論この中国滞在に持ってくる意識はなかった。シンポジウムで扱いのある大江健三郎の同時代論集の第八巻『未来の文学者』をたしかに鞄《かばん》に入れてきたはずだったのにどこかで取り違えが発生し、現実に私は大江と間違えて持ってきたその本『父性と負性——人生に「勝つ」ためのジャック・ラカン——』通称『＃ふせふせ』を仕方なく、機内で読んで過ごした。

私は若いころは、夕方に起きて論文をウンウン真剣に書きながら夜になると街に出て、カウンセラーの真似事をして、街中で悩んでいそうな人に声をかけてね、「なにかお困りごとはないですか？」なんて、そりゃたいていは、宗教の勧誘か物売りと間違われるわけなんだけど、なかには物理的に「足が痛くてこの荷物で階段が上がれないのよ、まえはエレベーターがあったのにね、故障中だなんだっていわれちゃってまったくもう！」なんて、それで荷物を持ってあげたりもなんかして、本来の目的は日本ではあまり浸透していないラカン派の精神分析がカウンセリングに免疫のない市《し》井《せい》の方々にどういう反応を受けるかってことを知りたかったんだけど、多くは人生相談となんら関係ないお手伝いに発展することがとにかく多くて、だけどときには本気のね、今でいうとトラウマとか家庭内の虐待とか、当時そんな言葉もなかったネグレクトやＤＶや発達障害関連のことで生き死にをかけて悩んでいる人の話を聞いてあげることもあって。路上でですよ？そんで少しずつ評判が広まって、そういう人がだんだん増えてきちゃった。港晴先生、なんて呼ばれて、まだ二十代だったけど私は当時からすっごく老け顔だったから（笑）、どんどん人が集まってくる。私はでも、ぜったい先生なんて呼ばせなかったの。港晴さん、あるいはこうちゃんって呼んでくださいっていって。本当のことを言えばね、私は院転するまえに医学部の一般的な精神医療も学んできていわゆる街の心療内科の医師が準拠する薬学とか、ＤＳＭ－５の基準とかは、一通り分かってたの。だけど、あくまでもこれは治療じゃない。人生相談なんだって、そういうのを重視していたのね。今とは随分空気も違って、そう言ったほうが当時は、多くの人が気楽だったんだよね。それで今でいうオンラインサロンの人みたいになっちゃった。で、路上で得た経験を踏まえて書いた博論がもちろんそんなことは書かないよ？　ラカンをテーマにした論文にそんなこと書く余地ないもの。でも自分としては、夜の渋谷で得た経験ってなによりも研究に活《い》きた。そして助成金とかを受けてたまたま本になって、ちょっとした売れ行きにもなったけど、ラカンもずっと愛について考えていたっていうのが、そのころからずっと続く私のテーマなの。というか、ラカンのいう現実界って、私から言わせるとまんま愛のことなんだよね。そのズレに苦しんでる人がとにかく多いから、いやそれは象徴や想像の及ばない、ある人にはたしかにあるけどない人にはその想像する、象徴するとば口すらない、それが愛ってもんなんだよってうまく伝えられると、スウッと気が楽になる人もいる。その人生相談に乗っていたある人のイトコがテレビのプロデューサーで、そういう伝手《つて》でこの人はおもしろい！　本物だ！って言われてテレビのコメンテーターに起用され始めたのがきっかけってわけ、ＬＯＶＥ

（『父性と負性――人生に「勝つ」ためのジャック・ラカン――』）

「あ、あれ私のだ」

私はジャック・ラカン関連書のなかで歴代一位の売上を更新しつづけていると同時に経歴詐称疑惑のつきまとう著者のベストセラー通称『#ふせふせ』の内容を反芻《はんすう》する胡乱《うろん》な意識のさなかでもしっかり自分のキャリーバッグの特徴を見定めんとベルトコンベアを流れる荷物を直視していたから、無印良品で売っている37Lサイズのネービーキャリーをみとめて駆け寄った。だが荷物の持ち主をあらわすネームタグを確認するとそこにはMasahiko Shimadaと書かれていたのである！　そう、シンポジウム参加者のお一人である島田先生と私のキャリーバッグはまったくおなじ商品であった。この五時間前の日本にて出国手続きに並んでいる島田先生ご自身が目敏く「おっ、同じだね」とにこやかに指摘されたため、私は自身のペンネームである町屋良平とは違う本名が書かれた荷物の印字をしっかり確認する必要があった。

ちなみに島田先生はまだその場にいらっしゃらなかった。私は島田先生のキャリーをターンテーブルにそっと戻し、ふたたび奇抜なラカン解釈を垂れ流す港晴公明の愛にまつわる現実界について思いを馳せる……私と大江同様、私と島田先生も、その人生も読者も作品もあまりにもかけ離れている。キャリーの外見こそ同じでも、その中身はまったくかけ離れたものであるに違いない――

どうにかぶじに島田先生のではない私のキャリーとともに入国し、バスに一時間揺られてシンポジウムが開催される浙江越秀外国語学院校内にあるホテルに到着した私は、自らの心身がポワポワ奇妙な穏やかさで満たされていることに気がついた。以前から遠い場所、とくに海外にいる私のほうがどこか情緒が安定し、安心している身体に気づくのである。実際、日本では五日に一度は整体にいき、首のつけ根を親の仇かのごとき強さで押されないと気が済まない私なのだが、海外にいるときには凝りに悩まされた経験がない。

私は私にこそ緊張し、強ばっているのかもしれず、だからいわゆる「私の（母）国」といえる日本に緊張し、「私の性別」である男性性に緊張し、「私の小説」である自作に緊張している。近年とみに自分の文章を推敲していると首の前側の筋肉がピキッとかたまり、息がしづらい。他者の小説を読んでいても多少はそうなるが、改稿のために自分の小説を読み直しているときにもっとも首が凝り、頻繁に鬱状態に陥った。「母国語」である日本語が街なかで、ウッカリ聞こえない環境にいると安らぐ。

来てよかったな――

ホテルでスパゲティナポリタンに牛ステーキ、温野菜と巨大ティラミスというご当地感のない夕食をとっている際にしみじみと、私はそう感じた。そして高いテンションで同行した日本人作家たちとひっきりなしに雑談を交わしていた。

これから三日間にわたる滞在において私が得たもっとも有益な知見とは、いわゆる「純」文学を書く作家の話はおもしろい、ということである。私はデビュー前から個人的な興味によって作家のトークイベントなどに足を運び、小説家となった後でも積極的にトークイベントに登場してベラベラ喋る、そんな境遇に甘んじたがデビューまえあとを問わず共通して思っていたのはとにかく作家の話がおもしろくないということであった。これは「純」文学作家のTwitterが一部の例外を除きまったくおもしろくない問題とも関連するのだが、とかく文学系の作家の話はつまらない。それを私は、小説家とは長大な散文を書くことにより初めて考えられることだけを考え、その迂遠なおもしろさを体現する人格の代表であって、端的なオモシロ話を披露できるような才能はかえって小説を疎外するせいだと思っていた。

しかし違う、まったく違ったのだ！　なにげない会話、たとえば食事について、土地について、小説について、なんでもよいが「雑談」に分類される他愛のない話が作家はおもしろい。着眼点や話す聞くのバランス、細部に漲るリアリティや聞く側を緊張させない弛緩性、すべてが相まってきわめておもしろいのだ。

これはSF作家やミステリー作家、そして昨今隆盛している一般小説（？）の作家がする話のおもしろさとはまた違うもので、それらはそれらでおもしろい、むしろそちらのほうがシンプルにおもしろい。オチやネタに富む忘れがたいおもしろさを含む話を、とくに優れた作家はいくつも持っていたりもし場にあわせて披露する芸人ばりの力能を発揮する人も少なくない。だが、私がここで打ち出すいわゆる「純」文学作家の雑談のおもしろさとは、いってしまえば目の前の景色や食べ物、おかれた環境に大きく左右され即興する「純」雑談というにふさわしいそれに限ったもので、きわめてさりげなく他愛ないものだ。だから普通に時を過ごすだけでただ足湯に浸かっているみたいにうっすら心地よい。沈黙すらそのオモシロに寄与しているなと私は思う。

　これには雑談観のちがいもおおいに関係する。オチというよりはネタに富んだ起承転結のある話により魅せられ、自らもそうした発話を好む人にとってはまったくおもしろくないだろう。なにしろ再現性がない。オチやネタや起承転結とは、再現性に尽くす装置だ。いかにこの場、本作品が私の自伝的な「私」小説の場でありそのおもしろさをしめす例をあげつらうべき要請が大いにあるにもかかわらず、杭州で作家たちと交わした数々のオモシロ雑談を再現して書くことは現在の私にはどうしてもできない。おそらく会話のすべてを録音し、ノイズもそのままに文字起こししここに再現できたとしても現場のおもしろさとは程遠い。これは小説のおもしろさと奇妙に似てはいないか？　たとえば内容ではなくどちらかというとその文体《スタイル》において好きな小説のおもしろさを他者にひらくことはきわめて難しい——

「雑談」は貴重だ。ある程度気心にしれ強制的に時間をともにせざるをえないからこそ発生した能動とも受動とも言い切れない会話こそが「雑談」なのであり、では何故トークイベントがおもしろくないかというとそれにはやんわりとテーマがあって、たとえ話題がフリーだったとしても聞く人が「作家」に求める話題や態度というものが暗黙裏にあって、つまりトークイベントそのものが「ネタ」にあたるものなのでつまらない。これはイベンターや作家がどれだけ工夫を凝らし、超人的な発想と企画力を持ち寄ってさえ改善はむずかしいが、まれに能動性と受動性をあいまいに往来する運動が奇跡的に「雑談」めいた磁場を措定することができて、その瞬間は奇跡的におもしろい。それには**私**から一時的にはぐれるようなリラックスが必須だからさいきんはアルコールに頼ってしまう時がある。

このことに思いを馳せて初めて私は、生前の大江とわずかでも話してみたかったという きわめて贅沢な、分不相応な願いを覚えたのだった。それまでどれだけ敬愛する作家とて、積極的に会って話したいまでのことは微塵も思ってこなかった、私は自分より少しキャリアのある作家がすでに芥川賞第一作の長編を書き上げて沈黙し、数年ほどたったころに「大江と対談させろ」と編集者に直談判したという噂を聞いたことがあったが、かれはきわめて正しかったといまさら思う。一日目はシャワーを浴びたあとに眠剤を飲んで読書しつつ寝ようと試みた次の瞬間にはもうアラームが鳴った。

それでね、まあ子どものころ親に虐待されていた、飯を与えてもらえなかったり、殴られていたりとか、あと暴言ね。お前は産むつもりなんかなかったとか言われて。まあさまざまですよ、それを告白する人の態度は。非常に重々しく、こうちゃん実はね……という感じで切り出す方もいらっしゃる。それとは真逆で、港晴さん聞いてくださいよアタシねーなんつって、かるーく母親に刺されて一家心中させられそうになって弟だけが死に自分と母は助かった、なんていう話をする人もいて、さまざまなの。でもね、共通してるのは、愛っていうのはあまりにも厄介。幻なのよ。だって、愛ってなんのこと？って聞いたら、大抵の人は信仰のことをいうのよ。その人といると、私は安心して、私らしくいられるんです。あるいは子どもやペットのことか家族のことね。この子のためだったら私、命を投げ出してもいい。言葉が通じないからこそペットや赤ん坊を愛してると断言できるんです、見返りを求めないからって、それは信仰だよね。ところでまあジャック・ラカンって人はね、言ってることが難しい。しかもコロコロ変わる。あれっ先生、この間はなんか外傷がどうとかって、おっしゃってませんでしたっけ？いやあれは違うんだ、いまは対象aっていってね……まあ分かりやすく有名なタームを出しちゃったけど厳密にいうと年代で言ってることとか関心がまったく違う。その話がもうとにかく長くて回りくどくて難しいの。でも今はいい解説書がいっぱい出てるからね、興味ある人はそっちを読んでください。かれの著書ってほとんど講義を記録したもんだからね、無理にラカン自身の言っていることを読みとこうとしないでいい。無視。で、話を戻すと私はやっぱりラカンが好きなの。だけど、もうざっくり説明に慣れすぎちゃって、だんだん分かんなくなってきちゃった、正直（笑）　ああいう現代に近い思想家の言ってることをむりに要約したり再現したりするとね、ぜんぜん違うことになっちゃうのよ。しかもね、再現しようとしているうちに、元の言っていることがどんどん、分かんなくなっちゃって、さらにこれがほんと厄介なんだけど、自分でもそれにぜんぜん気づかないの！　自分でも、ラカンに忠実にあろうとすればするほど、どんどん自分の言いたいこととか、自我に染まっていっちゃうのね、ラカンが。ラカンを汚しちゃう、いまの私はそういう訓練がまったく足りてないから。だから私ももうラカン学派からは爪弾きにされてね、いい加減なことばっか言っててんじゃねえ！って、詐欺師みたいに言われるけどほんとに、まあ信じてもらえないのは承知の上で言うけど悪気ないのよ（笑）　ラカンを愛しちゃってるから。だからほんとはラカンに還れ！　なんつってね、私はラカンを読むことに復帰するべきなんだろうけど、もう無理だよ、あんな難しいの（笑）　その体力がね、ない（笑）　だからこの本も話半分で読んでください（笑）　そんな私がさっきのことをラカンっぽくいうと、この世界は現実であり、想像であり、象徴、つまりここではざっくり言語ととらえてください、言語でもある、その全部でもあるし、全部がそれだけじゃない。それぞれに補いあって、いくつか重なりあっていると。でもね、愛っていうのはあまりにも――なんというのでしょうやっぱり与えられたもの勝ち。いろんなね、いまでいう発達障害とか、鬱病とか、パニック障害とか、統合失調症とか、身体症状もそう、癌であるとか、極端にいうと風邪だって、すごく愛というものが関わっている。関わりすぎているけど、それがなんなのかわかんない。これってけっこう断絶なのよ。言葉が通じない。もう外国語と母国語っていうぐらい、愛って概念に馴染みのある人とない人じゃ会話にならないよ。だって、これマジ、よくあることでほんとに未だによくある、あるあるなんだけど、母親に虐待されて殺されかけて人生ズタズタでもうどうしていいかわからないって、五、六時間議論してみんな泣き尽くしたあとで「でも、お母さんはお腹を痛めてあなたを産んだわけだし、お母さんがいなかったらあなたがいないわけだし、すべての親は子どもを愛しているのよ」って言う人、めっちゃいるから。ジーザスクライスト。そんで私はやっぱ思うんだよね。ＬＯＶＥ、それってまじもう危険薬物、ドラッグでリリックで唯一神みたいなもんなんだよね、だけど、それをなんとか言語化したり、粘り強く雑談したりして、なんかそれをある感じにする、そのときにあっこれが愛かもって？　信じたい瞬間はたしかにあって、これがラカン的な、というかちょっと現象学的なね、私の信仰する愛ってわけ愛……

（『父性と負性――人生に「勝つ」ためのジャック・ラカン――』）

二日目のシンポジウムを無事終えた私たちは、島田先生の発案で夜の街へくりだそう！ということになり現地の学生や記者とともに繁華街へと向かった。島田先生はたいへん面倒見のよい健啖家で、小説はもちろんのこと酒や食を語る目がとくに据わっていい、さながら中国の研究者たちが大江を語るかのごとき迫力を身にやどし私を圧倒した。島田先生の各地を旅した経験から語られる美酒や数多の地方料理にまつわる語りこそ、まさに**異化**されたそれのようで私は……青島《チンタオ》ビールにいささか酩酊し意識不明めいた身体感覚で午後のサブシンポジウムについての回想をプワプワしはじめる。

最後の発表者は中国における大江研究の権威ともいえる教授で、当初こそ「いや私の発表などは……、いやいや、まあまあ、ナシ。ナシで」といった謙遜をしていた（と私の通訳を兼任した研究者がいった）が、いざトリの発表が始まると大江の『臈《らふ》たしアナベル・リイ総毛立ちつ身まかりつ』における歴史文献の扱いやその在り方などについて、赤子をも寄せ付けぬ勢いで発表された（が、まるでついていけていない私がそこにいた。あまりの量と速度に同時通訳もままならぬその勢いはまさに**大江的体験**といってよい）。私はその発表と、そのひとつ前の教授によってなされた大江の初期作品に動物のモチーフが多見されるという指摘からなる発表に感動し、なるほど、私の抱えていた大江文学にまつわる最大の謎……つまり私の大江にまつわる大きなヒントをつかんだ気がしてふしぎに昂揚していた。

臭豆腐《しゅうどうふ》のスメルただよう口内が、ここは日本でなく私は大江ではないと告げた。当たり前である。しかし私は大江に憧れ、大江が若い頃にあれほど多作でなければいくら私でももう少しじっくり作品を発表しようという気になれたのかもしれず、その作品内容や才能や覚悟に天地の差あれど、私は編集者に「もっと禁欲的にお書きになったほうがよろしいのではないですか？」とときに迂遠に、ときにはっきり言われてきたことに対し、(だが大江も若いうちにあれほど大量のものを書いていた……) と却って奮い起った。

そんな私の大江にまつわる謎とは素朴すぎて同じ小説家という生業で暮らしている者として恥ずかしい類のものだが、その量産された初期の作ではあれほど端整な文を書いていた大江が、ときに悪文の代表と言われるまでに複雑な構文で、その文体からさらに重層的な構造をとらざるをえなくなるまでに至った経緯の、まぎれもない**大江的実感**のようなものであった。初期作品に頻出する動物のモチーフを論じつつ大江の**異化**効果に着目する発表を聞いた私は思った。

ああ……大江の生は異化してもしきれないものだった……

それは、大江の**私**は、と言い換えても良い。**私**のみならず大江はすでに異化されたものを自らの身体と生活感覚に組み換え、そこからさらなる異化をもってしてそのスタイルを邁進し、それに埋め尽くされるかのごとき生を全うした。まるでスタイルと人生とを取り違えるかのように。そんな営為をして読者は**文体**と呼ぶのだから、私が自作品や批評でたびたび述べているように文体とは読者のもので作家の生はそれを負いきれないし分かりきれない。作家こそがもっとも自身の**文体**から遠い場所で生きていく。

あるいは大江なら「個と共同体との擦れ目によって」とでもいうかもしれない。他者のテキストと個が擦れあう、そこに初めて文体はあらわれるという旨の発言をかつて大江は安岡章太郎の『流離譚』への同調とともに語った。
また、拙く恥ずかしい私の発表のなかで、大江の論考「未来の文学者」と吉本隆明のいわゆる「戦争詩」批判の仕事を繋げ、なんとかサブシンポジウムの場を濁すような論文に引用した大江はこんなことをも語っている。

〈われわれは自分の個としての想像力を、つねに他者たちと共通であり・むしろ他者たちの社会からの借り物である言葉によって現実化する。音楽、造型美術、建築、また映像による芸術においては、すくなくとも現象的には事態がことなるであろう。しかし文学においては、いかにも端的に、われわれが自分の個としての想像力を、他者たちの社会と共有する・公認された言葉によってのみ現実化しうるのである。〉

告白すると私は、デビュー後に江藤淳『成熟と喪失』を読むまで文学における「社会」「他者」というものがよく分からなかった。だから大江の発言から引くならば徹底的に「個としての想像力」が接続する先のないまま小説家になってしまった。私の小説の主要登場人物の多くが未成年であったのも、ほんとうにはそういう要因からだった。では社会の代わりに私の言葉を培ったものはなんだったのか、それは数多のフィクション作品であり、正しくは何事においてもこびりつく、ありとあらゆる事象に付きまとうフィクション性に他ならない。しかし文学における私というのは大江の言うように現実の個と社会のどちらにも属さない、属しきれないものなのだと、ここまで**私**小説らしきものを書いてきた私はようやくそう思う。柄谷行人が「私小説の両義性」においてしばしば私小説の極北と評される嘉村礒多について〈彼に不可能だったのは、いわば「自分であること」だ〉〈要するに彼にとっては「世間」にみられている自分というものが全てなのだ〉〈嘉村の「倫理」もまた、一見他者への罪感情と羞恥にみちているが実は根本的には他者を排除したところに成立している〉と書いたように、町屋良平という筆名と本名の双方に含まれる「私の私」もまたほんとうには個と社会のどちらも分からない宙吊りされた認識でしかない。どこまで突き詰めても残るのはなにかしらの依存性だけだ。柄谷が言うようにどこまでいっても私の**倫理**はきわめて独善的なままである。

だからこそ私のデビュー直後は男性性の内声に拘った。実り豊かな二〇〇〇年代の文芸誌に載っていた小説を浴びるように読んでいた私は、ここまで世界に匹敵する現代小説がすでに書かれている日本語で、私が私としてできそうな新しい提出物は男性一人称にしかないのではないか、とどこか達観していた。だが私がデビューした二〇一六年にはすでに二〇〇〇年代の作家たちの業績はほとんど忘れ去られ、その難解さが要因となったのか市場の衰退とともに業界において顧みられず、参照されなくなった。日本文学史における九〇年代はすでにほとんど整理が済んでいるかと思うが、二〇〇〇年代のそれこそ世界文学的業績は未整理のまま、多くの小説が読まれず入手困難となっている。私の観方では、この時期の文学は読者というより業界に、なにかしらの憎悪を生んでいる。しかしこの憎悪に向き合うことこそ、フィクションにとりももっとも重要なことではなかったか。

そのためデビュー後の私は自らの悲観的予測に反してたまたま業界の時流にのり、このまま男性一人称を書いていては広い読者を得るある普遍性に至れないと判断し、独善的な倫理しか持ちえない私でもなんとか書ける三人称を発明しようと葛藤した、それが「しき」という作品になったのだから、同作が評価され芥川賞の候補にまで出世したのは理にかなったこととして私のなかにある。私という書き手はほんらい一人称も多元的三人称もどちらもかなわない中途半端な書き手に終わるはずだったのでその半端さを逆手にとった。たまたま、私という人間性が小説に依存しすぎていたために、ボクシングという競技者の性別すら問わず無条件に**男性社会的**なモチーフを見つけ、ボクシングは他の格闘技と比べてもその絡みつく濃密なフィクション性において男性社会の象徴であると同時に批評でもあったから、私はその競技にのめりこみ同化することではからずも書く作品のなかでだけ僅かな社会性を獲得することができた。芥川賞は作家の社会性、つまりは男性優位主義を前提とした社会性を枚数として問われる、ようするに私小説としてか事前取材を介した個人情報として作家の社会性を共有しない実験性や芸術性には与《くみ》しない。だからこそ作家はそのキャリアの晩年においても執拗に「芥川賞作家」と呼ばれつづけるのである。芥川賞には普遍的な社会性が要り、家父長制的**愛**が受賞作にかならず含まれる。愛というマジョリティ性への肯定感がどこかに隠されている、暗号めいたものとして。それこそが文学の文学たるゆえんなのか？　いや、文学というより小説という形式が、弛緩していると確実にマジョリティに流れる性質がある。私はボクシングという題材とそれに打ち込んだ経験によって自分の中にはない愛を免除された。ボクシングに絡みつくフィクションがマジョリティの象徴として私の社会性を代替し、それによって強制的に社会と繋がることになった**私**のズレと空白において小説に依存した。柄谷がいうように私に〈不可能だったのは、いわば「自分であること」だ〉った。

肯定感の無限ループみたいに。肯定が成功を生み、成功が肯定を誘います。かつては「父殺し」なんつっていわれて、父親というのは乗り越えられて、ある部分では見くびられたり、馬鹿にされたり反骨して**乗り越え**て、初めて大人として認められる。そんな存在でもあったわけです。そうして人は成熟して大人になる。社会的に認められる。これもひとつの父性的な要因ですよね。しかし現代では、父性というものの立ち位置が大きく変わってきている。十代や二十代そこらで大成功を遂げるような、有名なとくに男性のスポーツ選手で、父親の存在がちらほら垣間見える。じつはスポーツ選手だけでなく学問や文化的業績の方面においてもも、大スターの背後に明らかに見える形でごく幼いころから父親が自身の人生をも投げ打ってサポートについているケースはあまりにも多く、二十代後半になり自分の家庭を持っていたりしてもなお、まだまだかれらは**父性**のサポートを受け、充分にそれらを享受しているのです。それどころか父親のほうから子どもに自身の人生を奉仕している節さえある。ある意味では早くに殺される役割を終えた父性が、ラカンのいう**脚立**のゾンビみたいになっているかのようです。子どもたちがより広い視野でものを見れるように、身体を腐らせて、そのお膝に乗せている。まるで組体操のサボテンみたいにね（笑）　十年前ではそうしたことにはまだまだ否定的な言説や、振るわぬ結果がつきまといました。しかしある同時期に、複数のイノベーションが起きた。大成功を収める若者の背景に、きまって父親の献身的なサポートがある。そしてここが大きいポイントなのですが、かつてはそうしたケースでは必ず、成功した父子のその後に断絶があったんです。必ず決裂していた。ある意味ではこれがまっとうというか古典的なわけです。親子というのはそうして互いに子離れ親離れして生きていく、それは普通のことです。しかし昨今ではそれがない。分かりませんよ、近年成功している大スターが軒並み、三十代、はたまた四十代を超えてずいぶん遅れた**父殺し**を果たしていくのかもしれない。たんにそのタイミングが後ろ倒しになっているだけなのかも。しかしね、まだまだ父性的なものの整備環境というのは不平等にすぎていて、昨今といってもちょっと前か、流行った言い方でいうとある意味「父ガチャ」ですよね。もっと昔はね、そういう父性に恵まれたひとってごくごく少数で、あとはろくでもなかったでしょ。とくに家庭における日本人男性なんて、害悪でしかなかったわけ。だから一部のエリートだけがある種の恩恵を受けられて子どももやはり官僚的エリートの道を歩んだりしていたわけで、一般との交わりがなかった。けれども、父性に恵まれた今のスターは早婚の傾向があり、もう自分の子どもまでいたりするのです。ある格闘家はまだ二十歳そこそこだというのに、「子どもたちに夢を与えたいから」なんて言うんですよ。自分が敗北を喫したときにまだ、父親の胸で泣きじゃくって自我を晒け出すような、いくらスーパースターとはいえ、私からみたらまだ子どものような若者がですよ？　一体その中に、努力する環境に恵まれず生まれたときからこの国やシステムに尊厳を奪われつづけるような「子」は、果たして、含まれているのでしょうかね。だから私はもう、色々なことが変わりつつあるいま、父子なんてたとえば一緒にＡＩと共闘するような立場に向かうのかもしれないとすら思うのです。ともに「努力」するその向かう先が、変わっていくだけというか、ＬＯＶＥ。

その一方で引きこもり、鬱病、自殺、そうした状況に追い込まれる男性はますます多い。私はこれは父性格差といえる気もしているのです。私なんかそういう意味では父性に恵まれなかった方の人間ですから、積極的に行くところのない青年に声をかけたりするのです。一方、父性に恵まれた若者はつぎつぎ夢を見つけて、成功体験を積み重ね、せつせつと「努力」の大切さを説く。平等や多様性の尊さを説く。ジェンダーギャップも最悪なこの国で、賃金も機会も社会保障も福祉もなにもかも下駄を履いた高みからさらに父性にまで恵まれて、それでようやっと自分の「努力」を誇り、他者に分け与えてあげられる、その再分配のトンチキさったらどうですか。これまでの人生そううまくはいかなかった路上の青年に声をかけて話を聞くと、ごくごく自然に女性蔑視が内面化された発言が飛び出してきたりもして、根気強く窘《たしな》めたりもするわけですが、それはその青年が多少リラックスしてきた証拠でもあります。かれらにとってはユーモアとか、冗談として言っているんです。しかしだからこそ、真剣ですよ。かれらは本気で差別されていると思っていて、その怨恨を他者に向けているわけですからね。自分自身を刺しながら、より弱いほうを刺そうと探して、無意識がいつまでも休まらないわけです。敢えて言いますと、やはり男性性には女性性のことは分からないのです。この分からないということを、肯定的にとっても、否定的にもとってもいけません。とくにこの国の男性は分からないということへの耐性があまりにも弱く、経済的にも国際常識的にも大きな遅れをとっているというのが現状です。いま男性はどうにかして男性性のホモソーシャルを**隠れて楽しもう**としています。表向きや公の場では当然「配慮」する、だからこそ、クローズドな場では思い切りおれたちの大好きな「ホモソ」やろうよって。資本主義もそれに加担します。ホモソーシャルの広告効果は計り知れないものだからです。これは反ホモソーシャルであるという表明すらも気をつけなければ同じ轍《てつ》を踏みます。というより、もともとホモソーシャルであることの負の要素として、それがしぜんに広告効果を生むから気がつけばしぜんに広告と化す、だれがそうしたい訳でもなかったし、口では否定する、でもシステム上そうなっていくしかないわけです。その結果、意図せずとも資本主義的な建前をもって結託し、女性やマイノリティを抑圧し、疎外する。それが問題だったわけでしょう。だからこそ未だにマイノリティや女性の貧困やあらゆる福祉的格差が誤魔化され、正当化されている。それが表でできなくなったから、ではクローズドで隠れてやれば、お咎めないし表向き抑圧や差別も生まない。しかしね、経済効果、広告効果はより膨れ上がりますよ。ある現代作家が述べたように、刃が自分のほうにも向いていない言説は、やはりバレてしまうし却ってあらたな抑圧を生むだけなのではないでしょうか？　こうしてまたあらたな差別構造を、再生産して進化させ、次世代に引き渡しているだけなのではないでしょうか？　これでいいのだろうか……私も悩んでいて、おもえば都度「フロイトに還」りながらラカンは、つねに自分のなかの父権的なものを批判していたようにも思えるのです、ある種マッチョなところがあったフロイトの昇華という概念を脚立と言い換えたように、なにかを昇華するという時に必要とされるある種の選ばれし生贄、つまり母的なものだと私は思うけど、そうした既存の価値観に頼らずみずからをケアする、ラカンがジョイスの作品について論じたようなアプローチで。でも、現代ではそれを自ら父が引き受けて、生きながら子どもの脚立になって、高みを見せている……。いまこそラカンの脚立の概念をアップデートする必要があるのかもしれない、より他者からの承認や社会的権威をめざさずに視野を広く持ち、多くの人が生きやすくあるために。愛……

（『父性と負性――人生に「勝つ」ためのジャック・ラカン――』）

ひどい酩酊。足どりもおぼつかない私がおもいだすのは、訪中直前にある作家と話していて、その方は女性だったのだが「最近の男性は子どもがいるか、つまり父親であるかどうかが話せばすぐわかる。十年前ではそうじゃなかった気がする」といった主旨のことを仰った。

たしかにある種の「男性作家」はすこし話せばすぐに父親であることが分かる。それは、ほんとうにはなにが伝わっているのか、私にはありえない父性の、そのものというよりなんらかの、かつては臭わなかったきちんと家庭に帰属する父性の発する**父性性**のようなものか。

はっきりいってここのところの私はもう作家として書きたいことは書いてしまった気がしていて、書くことに依存しているから引きつづき小説を書くけれど、それは仕事だからという理由でさえなくて人生そのものが暇だからだ。私は私が無理だからもう誰かを愛さないし愛されない、子どもも絶対にもうけないから四十歳を迎える昨今、とみに暇であった。四十歳といえば仕事と家庭に忙しい人間がもっとも家という自治に向いた意識で過ごす、家族以外との関わりあいの薄くなる時期であり、ろくな家族との交歓《こうかん》のない私のようなとくに男性は孤立しがちである。これからの人生をもはや余生と捉え、仕事をセーブして英語でも学びつつ大江の研究をしようかな、と帰国後に一瞬は燃えた私だったが、すぐにまた燃え尽きて小説を書いてしまい、うやむやになった。放っとかれるとすぐに小説を書いてしまう私には、しかし主題がない。涸れてしまった。涸れている井戸からなぜか湧く濁った水が私の小説だから恥ずかしい、だが大江もまたそうした恥の感情をよく書いた作家でもある。大江と私は恥の感情においてのみ繋がれる気がしていた。そして私の主題は空白そのものでしかありえないのだったから、昨今の隆盛するエンタメ産業に揉まれる文芸誌の業界においてさえ「文学」とか口にするだけでもう恥ずかしい、だがそれを止めることがどうしてもできない私は大江というより大江の作品群を父として、自作を子として生きる、もはやそれしかないのか……

「町屋先生は、失礼ですが……、まだ中国での翻訳はないものですから、ふだんはどのような作品をお書きになっているのですか？」

夜の街……私にはなんという場所かも分からない、ホテルから二十分ほどあるいた距離にあるモールのような建物の二階で、中国の経済から文学までを広く担当するという日本語の堪能な記者に行く道で聞かれた私はこう応えていた。

「青春……小説です」

「青春小説、というと、つまり、たとえば……」

「若者が恋愛したり、スポーツ、ボクシングやダンスをする、そんな小説です」

記者はもしかしたら、そんな小説ほんとうに存在するのか？と思ったかもしれない。店に戻った私は引きつづき青島ビールを飲みつつ、大江さん、なんで亡くなられてしまわれたのですか？と心中で泣いた。書いたものは残るから、私は作家が死んで悲しかったことなど一度もない。だけど大江は……私は講談社以外の大江の著作は将来かならずや絶版になるだろうと予想していたし、いずれ中国語の翻訳はあるのに原文が本として流通していない、そんな事態もありうることと悲観的な展望を持っていた。『臈《らふ》たしアナベル・リイ総毛立ちつ身まかりつ』が中国の文学賞を得たことで訪中した大江はその経験を記した手記に〈たまたまイスラエル軍のギャザ攻撃が激化するさなかでした。このまさに絶望的な状況を、二〇〇三年に死んだ文化理論家エドワード・サイードがパレスチナ人の側にたってどのように予見したか、最後の病床にあって、虚妄の、希望的観測こそ受けつけなかったけれど、かれが、「意志の行為としての楽観主義」と呼ぶものをいかに持ち続けたか。それらについて私は話しました。サイードの生き方と『野草』執筆中の、また以後の魯迅を比較もしました。〉と書いた。

魯迅の生家に程近い、科挙に合格するための精鋭が集められた塾である三味書屋《さんみしょおく》の机には「早」という文字が刻まれている。ある日遅刻をしてしまった魯迅がその戒めのために彫ったとされるその「早」を見るために大勢の観光客が行列をなしていた。ここ魯迅故里は数ある観光地のなかでも中国国内から訪れる人の割合が多い地だといわれ、その熱気を眺めるに文学者の枠を越えて国民に愛される魯迅その人の存在とは**国家**にとってどのようなものだったか、周囲からただよう臭豆腐の香りのように伝わってくる。

朝八時に集められた作家たちはおおむね元気そうだったが、私と「日光にやられた」というTさんは弱りなにがしかの博物館見物をパスして日陰に涼んだ。

「子どものころから虚弱なんです……ボクシングの小説なんか書くから誤解されがちなんですけど」

私が愚痴を言うとTさんは「スケッチするとか、いいですよ、そういうときは。私も群れから離れてスケッチブックを広げていさえすれば、なんか放っておいてくれるっていうか」という助言を頂き、それイイネ！　とばかりに私はさっそく実行に移した。

といっても私に絵を描く習慣はないのでスケッチブックなどは携帯していないが、スマホで小説を書く作家ということがある程度知られているせいか据わった目でスマホを眺めてさえいれば、たとえドエロいサイトを見ていたとしても「執筆中かな？」と勘違いされる。だが勤勉な私は観光地化された魯迅の故郷で臭豆腐の香りを避けつつ、依頼されていたエッセイ原稿を書くことにした。それは雑誌「文學界」にて続いている「私の身体を生きる」というタイトルのリレーエッセイで、作家が自身の身体にまつわる遍歴を綴っていくという、これまでは「女性」に限った欄だったのだが翌年から「男性」にシフトする、その最初の書き手として私が依頼されていたのであった。

魯迅の故郷で私は両親のセックスについて書いた。私は私生児として生まれたのだが、というのも母親いわく「あんたの父親は物静かで乱暴なところのない人物だったけどとにかく絶倫で、私はあんたの父親の性欲に応じるのが本格的に苦痛になってしまった」といって土下座して風俗店へ行くよう懇願したというから、私の生は、というか身体は母の大いなる性へのストレスから始まっており、それは帝王切開になったという出産からアル中の祖母との同居と頼る先の少ない母子家庭での育児へと連綿と続いていく。私の誕生に港晴公明の著書『＃ふせふせ』で言うところの「負の父性」通称**負性**がかかわっているのはほぼ確のことと考える私自身のみならず、多くの**私**の誕生は母の苦しみから始まっている、その流れで私は私自身の性欲についても書くべきか、日本にいるときから地味に悩んでいた。

と、いうのも私も父親に似てどこか自分の性欲に対し肯定的かつ楽観的で、自分の身体の他の部位にかんしては嫌悪や苦痛が先立つというのに、性欲は必ずしもその対象ではないからだ。大江も性あるいは性欲についてかなり貪欲に書き、かつその理由を作家としての出発期にはっきり記した作家だが、私たちは先行世代の文学的業績に対しある部分では批判的に、ある部分では肯定的に対峙していくその態度をこまかく再検討していかねばならず、それを「文学」といって魯迅のように私の国のとくに若い世代を導いていく責任なのであって、いまや文学など一般にそんな期待も役割も負うてやしないというのに、考え直さねばならないことは山積みにあった。文学は堕落しないが文学者は堕落する。一部のこと小説の自由を謳う作家たちは、例外なく小説の自由を脅かす（と作家側が主張する）相手方の研究領域をろくに分かろうとせず、まったく勉強していないこと明らかであることは多い。批判的な文脈で無防備に「ポリコレ」と口にしてしまえる、私の性欲に対する態度にも似たその楽観こそまさにいま批判されているというのに。だが私がたびたび自身の小説や短文仕事で書いているように、文学とはある種の肯定性や、大江がサイードの仕事について言及する**〈意志の行為としての楽観主義〉**が前提にあることは揺るぎなく私のなかにある小説観であり、**〈現にある自分とその否定としての自分との間を、ひとつの連続性のなかで変ってゆくべく試みようとしていた〉〈そのあいだをつねにフリコ運動している〉**時間に書かれた小説こそ紛れもない私の小説であるから書く書かない読む読まないの時間のあいだで認識差の甚だしい、**ゆえに**多くの場面で下駄を履いた加害側の私であることをはっきり打ち出すべきとも思う。大江自身が自己言及していたように、小説ではペシミスティックな書き口に終始するかれのエッセイや論考にただよう楽観性、肯定性におどろくことは多い。

私がいま危惧しているのは私においてそれは逆に働いているのではないか、だとすれば私の小説は——

三泊四日の旅程を終えていざ出国せんとする、顔面認証に並ぶ小説家がいくつかの列に分けられた。

ようやく**私の国**に帰れる……期待以上に楽しく刺激を受けつづけた旅の終わりに朝五時に起こされ空港へ向かうバスに詰め込まれた私たちは、それでもまだ小説家らしからぬ生気に包まれ空港にいた。

それにしてもあれほどハグレるとせいせいする**私**に帰国というかたちで再び戻らんとするいま、ふだん私からおぼえるストレスからして割に合わないほどの安堵を覚えてしまうのはなぜだろう。そうした私に戻る安心感とともにバスのなかでたまたま隣に座ったSさんとした雑談が心に残るもので、さいごまで小説家らとの雑談こそを楽しんでいた私は穏やかな感動状態を維持しつづけながら列に並んでいた、遠くから声がした。

「Oさん！　Oさん！」

島田先生であった。

どうやら、出国手続きの際にO先生と島田先生のパスポートが取り違えられ戻されていたらしい。私が島田先生のキャリーと取り違えかけたことと同様、何度も私たちは別の作家の人生と取り違えられかけそうになり抵抗する、そういう運命にあるのかもしれなかった。だって私たちはそれぞれの文体を用いたまったく違う作品を書く労働のなかでくりかえし自作を推敲し自己を批評しつづけているとしても、見かけ上はまったくおなじ国語を用いて書いている小説家と呼ばれる、職業という以上におなじ身体というか「家」なのだから、あらゆる著者や読者が考えているような作家性などまやかしに過ぎないものではないのか。だが此度の旅をもって私に欠けた視座と経験とが、怒濤のような大江的体験とともに新しくもたらされようとしている。本作が中国で活字化されることによりようやく気づいた私に欠けていた視点、それは「私の翻訳」であった。

私はこの四日間でスルスルと読み終えてしまった港晴公明著『父性と負性――人生に「勝つ」ためのジャック・ラカン――』をホテルに置いてきた。記念品としてうけとった蘭亭序の掛軸などをキャリーに詰め込んだ結果、どうしても『#ふせふせ』の単行本を入れるスペースが確保できなかったのだ。私じしんの父親とは似ても似つかないが、たしかに父性を感じるのは港晴公明やO先生ではなく島田先生であった。初日の食事のあとで何人かの作家で飲み直そうと部屋に招かれ、しかしT先生と私だけがつどった部屋で白酒《パイチュウ》を飲む島田先生に「君は……」と質問された私は、私の幼少期に欠けた経験が今まさにもたらされていることにはたと気づき、あるべき本来の私を象るありふれた緊張にさらされるのをさとった。

そのときに私は、これまでも今後の人生でも子どもをもうけようとはまったく思わない私の父性こそを**異化**する、そんな安っぽい思いつきがしかし今後の小説家としての大きな課題となるのではないかと直観した。

ぶじに出国カウンターを抜けたそこはもう中国でも日本でもない、国家ではない場で私はWi-Fiに繋がったスマホで島田先生の『時々、慈父になる。』をポチり、この出国を待つなにでもないただ待つためだけの場に特有のふかい安堵感をおぼえ、ジッと目を瞑《つむ》った。

参考文献

「私の批評」

・オクタビオ・パス『弓と竪琴』牛島信明訳、岩波文庫、二〇一一年

・スマートログ「毒親育ちな人の特徴あるある。クズ親に育てられた人が幸せを掴む方法とは?」
https://smartlog.jp/229450

「私の大江」

・大江健三郎『定義集』朝日文庫、二〇一六年

・大江健三郎『新装版 大江健三郎同時代論集1 出発点』岩波書店、二〇二三年

・大江健三郎『新装版 大江健三郎同時代論集8 未来の文学者』岩波書店、二〇二三年

・柄谷行人『意味という病』講談社文芸文庫、一九八九年

初出一覧

「私の文体」……「群像」二〇二一年一二月号
「私の労働」……「すばる」二〇二二年四月号
「私の推敲」……「文藝」二〇二二年秋季号
「私の批評」……「文藝」二〇二三年春季号
「私の大江」……書き下ろし

町屋良平（まちや・りょうへい）
一九八三年東京都生まれ。二〇一六年『青が破れる』で第五三回文藝賞を受賞しデビュー。二〇一九年『1R1分34秒』で一六〇回芥川龍之介賞を受賞。二〇二二年『ほんのこども』で第四四回野間文芸新人賞を受賞。二〇二四年「私の批評」で第四八回川端康成文学賞を受賞。他の著書に『しき』『ぼくはきっとやさしい』『愛が嫌い』『ショパンゾンビ・コンテスタント』『坂下あたると、しじょうの宇宙』『ふたりでちょうど200％』『恋の幽霊』『生きる演技』がある。

私《わたし》の小説《しょうせつ》

二〇二四年七月二〇日　初版印刷
二〇二四年七月三〇日　初版発行

著者　町屋良平
ブックデザイン　鈴木成一デザイン室
写真提供　平松市聖
発行者　小野寺優
発行所　株式会社河出書房新社
〒一六二-八五四四　東京都新宿区東五軒町二-一三
電話　〇三-三四〇四-一二〇一（営業）
〇三-三四〇四-八六一一（編集）
https://www.kawade.co.jp/
組版　株式会社キャップス
印刷　株式会社暁印刷
製本　大口製本印刷株式会社

Printed in Japan　ISBN978-4-309-03196-5

河出書房新社の文芸書

ふたりでちょうど200%

町屋良平

転生したらまた
友達になった件。
――バドミントンのダブルス、
アイドルとその推し、
人気俳優とリアリティショー
YouTuber……。
男らしくなれない
男子ふたりの友情は、
死んでも終わらない！

河出書房新社の文芸書

ぼくはきっとやさしい

町屋良平

男メンヘラ、
果敢に生きる！
無気力系男子・岳文《たけふみ》が
恋に落ちるのはいつも一瞬、
そして全力――
第160回芥川賞
受賞作家がおくる、
ピュアで無謀な恋愛小説！

河出書房新社の文芸書

しき

町屋良平

「テトロドトキサイザ2号
踊ってみた」春夏秋冬――
これは未来への焦りと、
いまを動かす欲望のすべて。
高2男子3人女子3人、
「恋」と「努力」と「友情」の、
超進化系青春小説。

河出書房新社の文芸書

青が破れる

町屋良平

その冬、おれの身近で
3人の大切なひとが死んだ——
究極のボクシング小説にして、
第53回文藝賞受賞の
デビュー作。
文庫特典として、
尾崎世界観氏との対談、
マキヒロチ氏によるマンガ
「青が破れる」を併録。